火盗改・中山伊織〈一〉

女郎蜘蛛（上）

『女郎蜘蛛』改題作品

富樫倫太郎

祥伝社文庫

目次

第一部　盗人宿（ぬすっとやど）　5
第二部　火付盗賊改（ひつけとうぞくあらため）　128
第三部　闇の奥　200

〈登場人物〉

火付盗賊改方

中山伊織（なかやまいおり）　旗本御先手組（おさきてぐみ）の頭（かしら）で、火盗改（かとうあらため）長官を加役さる。

大久保半四郎（おおくぼはんしろう）　伊織配下の火盗改同心（どうしん）。

高山彦九郎（たかやまひこくろう）　伊織配下の火盗改与力（よりき）。吟味を担当。

五郎吉（ごろきち）、九兵衛（くへえ）　火盗改配下の小者（こもの）。

閻魔の藤兵衛一味

藤兵衛（とうべえ）　表の顔は大坂（おおさか）の呉服商。二十年余押し込みを続ける凶賊。

最上角右衛門（もがみかくえもん）　浪人で剣客（けんかく）。

松蔵（まつぞう）　藤兵衛に誰よりも忠実だが、凶悪な一面を見せる。

六右衛門（ろくえもん）、勘助（かんすけ）　江戸で居酒屋『源七（げんしち）』を営む。

金平（きんぺい）　商家に潜（もぐ）り込み、一味を手引きする役。

お園（その）　金平の情婦。元女郎（じょろう）。蜘蛛（くも）の刺青（いれずみ）の女。

第一部　盗人宿

一

梅之助は、

（いい人と道連れになった……）

と心の中で喜んだ。

梅之助は、大坂・道修町に店舗を構える薬種屋・仙石堂の手代である。

仙石堂は先代の頃までは、番頭、手代が一人ずつ、丁稚が三人というこぢんまりとした薬種屋に過ぎなかったが、当代の彦衛門が傑物で、代替わりしてから十年を経ずして仙石堂を大店に育て上げた。

急成長の種は、「獅王丹」という丸薬である。

南蛮人が密かに長崎に持ち込んだというこの薬は、万病に効くと言われ、特に肺病に効果絶大であると言われた。

肺病は、この時代、不治の病である。

獅王丹の値は、そのひと摘みが同じ量の黄金よりも高価だったにもかかわらず飛ぶように売れた。

もっとも、幕府が鎖国政策を取っている状況では、南蛮渡来の薬が大量に輸入できるはずもない。仙石堂の成功の秘訣は、獅王丹を独自に生産したことにある。

もちろん、製法は門外不出である。

彦衛門の商売上手なところは、決して獅王丹だけを単独で売らなかったことだ。

獅王丹を求める客には、

「獅王丹は大変に強い薬でございます。獅王丹を服する前に、必ずこの腹薬を飲まねばなりませぬ。また、獅王丹を服した後には、こちらの別の腹薬を飲まねばなりませぬ。高熱を発することもありまする故、この熱冷ましを服することも忘れてはならぬのでございます……」

と、もっともらしく口上を並べて他の薬も大量に販売した。

獅王丹だけでも大変な値段なのだ。

それに腹薬やら、熱冷ましやらを一緒に買えば、金額は二倍、三倍になる。

「獅王丹だけでも……」

と客が尻込みすると、

「なりませぬ」

と居丈高に言い出す。

「獅王丹には、獅王丹の服し方がございまする。お客様に万が一のことがあってはならぬと思うからこそ、このようにお勧めするのでございます」

と、いかにも客のためを思っているのだ、というようなもっともらしい理由を付けて、販売を断ってしまう。

そんなことをしていると、せっかくの客を逃してしまいそうだが、実際にはそんなことはなかった。

かえって、

（本当に必要なのだ……）

と納得して、客の財布の紐も緩んでしまうのであった。そこまで見透かした上での彦衛門の商法なのだ。

こういう商売を長く続けていれば、身代は黙っていても雪だるまのように膨らんでいくであろう。

仙石堂は、大坂では誰知らぬ者のない大店にのしあがった。使用人の数も増えた。

しかし、彦衛門は満足しなかった。

（江戸にも支店を出そう……）

と思い付いた。

すぐに手代の梅之助を呼び、

「江戸に行け」

と命じた。

近所に使いに行かせるような口振りだ。

梅之助にとってはいい迷惑だったが、独裁者である主人に逆らうことはできない。

大坂生まれの大坂育ちである梅之助は、旅というものをほとんど経験したことがない。数年前、老母にせがまれて伊勢参りに出掛けたのが、唯一の旅の経験と言えるものだった。

「東海道を真っ直ぐに歩いていくだけのことやないか」

と番頭や同輩の手代に冷やかされたが、梅之助にとっては笑い事ではなかった。数百里の道程を旅するというのは、梅之助にとっては気の遠くなるような話であり、心細くてたまらないことだったのだ。

しかし、口には出せない。

仙石堂は急成長して、大店にのしあがった。

だからこそ、梅之助はまだ三十にもならないのに手代を勤めている。

老舗（しにせ）であれば、こうはいかない。

上がつかえているので、出世に時間がかかるのだ。

彦衛門は自分が有能であるだけに、奉公人にも同じような有能さを求めた。

有能であれば、若くても出世させる。

しかし、無能の烙印（らくいん）を押すと容赦なく降格させる。

梅之助はそれを恐れた。

だから、

（嫌だなあ……）

と、内心、溜息（ためいき）をつきつつも、江戸に向かった。

梅之助が幸運だったのは、大坂を出て二日目に旅慣れた行商人（ぎょうしょうにん）と知り合いになれたことだった。たまたま同じ旅籠（はたご）に泊まり、湯殿（ゆどの）で口をきいたのが知り合うきっかけだった。

その男は、東屋藤兵衛（あずまやとうべえ）、と名乗った。

大坂の西横堀（にしよこぼり）沿いに「東屋」という小さな呉服屋を開いており、一年に一度か二度、品物を担（かつ）いで行商に出るという。

「店先で待っとるだけでは、お客はんも来てくれませんわ……」

藤兵衛は苦笑いしながら、旅の理由を梅之助に語った。

藤兵衛が江戸に向かうと知った梅之助は、

「道中(どうちゅう)、ご一緒させていただくわけには参りませんでしょうか？　旅慣れた東屋さんには、さぞご迷惑とは存じますが、なにぶん、長旅は初めてなものですから、わからないことばかりで心細いのです。決して足手まといになるようなことはしませんから、どうかお願いします」

と熱心に頼み込んだ。

「ああ、よろしいがな」

藤兵衛は嫌な顔もせず、にこやかに承諾してくれた。

「一人旅いうんは、気楽なようでつまらんもんですからなあ。何度も東海道を往復しとると、景色もすっかり見飽きてもうて、退屈なもんです。話し相手ができるのは、わしにとっても嬉しいことですわ」

藤兵衛は、話し相手が欲しいということで梅之助と道連れになることを承知してくれたが、梅之助にとってはそれだけのことではなかった。

梅之助は腹に大金を巻いている。

仙石堂の江戸支店の開業資金だ。

そのために彦衛門は六百両を用意した。

すべてが現金というわけではない。

六百両のうち、四百両は為替である。

大坂で手形に替えたものを、江戸で現金化するのだ。だから、実際に腹巻きの下に抱いているのは、二百両である。

そんな大金を持ち歩くのは梅之助も不安だったが、両替商の手を通すと、手数料も馬鹿にならないし、初めての長旅でどのくらいの旅費が必要なのか見当がつかなかったので、それだけは腹に巻いてきたのだ。

道中の安全を考えて、丁稚の一人でも同行させてくれと彦衛門に頼んだのだが、このあたりが新興成金の吝嗇な所で、

「一人で用が済むことを二人がかりでやることはあらへんわい。その分、無駄な出費がかさむことになるやないか」

と許してもらえなかった。

藤兵衛は良き道連れであった。

おかげで、梅之助は長旅に戸惑うようなこともなかった。

何より藤兵衛は物知りであった。

「この宿場では、あそこの旅籠がよろしいで」

とか、

「まだ明るいけど、これから山越えするとなると、山の中で日が暮れてしまうから、

ちっと早い気もするかもしれんけど、今日はここで足止めして、明日の朝早くに出発するのがええな」

旅慣れない梅之助にとって、為になる忠告をしてくれるのがありがたかった。

その上、きさくで話し上手な男だった。

各地で目にした風物（ふうぶつ）や話題を、面白おかしく語って聞かせてくれるのだ。

梅之助は愉快に旅を続け、旅の不安などすっかり忘れてしまったほどだ。

金離れもよく、酒や飯を梅之助に気前よくごちそうしてくれる。

その都度、梅之助は恐縮して、

「無理にお願いして一緒に旅をさせていただいとるんですから、わたしに払わせて下さい」

と申し出るのだが、藤兵衛はにこやかに首を振って、

「ま、ええから、ええから」

と決して梅之助に払わせようとはしない。

（本当にいい人と道連れになったものだ……）

梅之助が喜ぶのも無理はなかった。

すっかり藤兵衛を信用して、自分の用向きだけでなく、腹に二百両を巻いていることまで話した。

　藤兵衛は眉を顰めて、

「そんなこと、簡単に他人に言うたらいけません。物騒な連中が多いんやから」

とたしなめた。

「東屋さんだから言うんですよ」

　梅之助は気にする様子もない。

「大坂に帰ったら、是非お店に寄らせてもらいます」

「へえ。おおけに、おおけに」

　藤兵衛は人が好さそうに笑う。

「いいお客さんを紹介できるかもしれませんよ」

　藤兵衛の厚意に心底感謝して、本気でそう言ったのだが、まさか東屋がほとんど開店休業状態であるとは想像もできなかった。

　西横堀沿いには東屋という古ぼけた看板を掲げた呉服屋があることはあるのだが、その店には、すっかり耄碌して耳が遠い店番の老爺と、呉服のことなど何も知らない名ばかりの番頭がいるだけなのだ。

　二人が箱根湯本まで来たとき、梅之助は長旅ももうすぐ終わり、藤兵衛ともお別れだということで感傷的になったのか、

「今夜だけは、わたしに奢らせて下さい」

と言ってきかなかった。

「そんなお気遣いは無用ですよ」

「今夜だけはお譲りできません。わたしの気が済みません」

ぜひに、ぜひに、と梅之助が必死の形相で、あまりにも熱心に頼むものだから、ついには藤兵衛も根負けして、

「わかりました。そんなら、今夜はごちそうになりましょう」

と笑い出した。

「やった」

梅之助は無邪気に喜んだ。

梅之助は宿場で一番上等な宿に藤兵衛を連れていき、うまい料理を注文し、夜遅くまで酒を酌み交わした。

翌朝、二人は二日酔いでふらふらになり、朝湯に浸かってから宿を出た。

「ほんま、東屋さんとご一緒できてよかった」

梅之助は何度も繰り返した。

もうすぐ藤兵衛ともお別れだと思うと、何ともいえず淋しい心持ちになるのだ。

（本当にいい人だ……）

梅之助は、藤兵衛の血色の良い日焼けした横顔をしみじみと眺めた。

二人は肩を並べて箱根湯本を後にした。

小田原（おだわら）に着いたとき藤兵衛は一人になっていた。

荷物を背負い、心持ちうつむき加減の姿勢で、むっつりとした愛想のない顔付きで黙々と街道を歩き続けた。

その夜、藤沢（ふじさわ）で宿を取った。

まだ明るかったのだが、疲れを感じたので無理をしなかったのだ。

「無理をしない」

ということが、長旅を続けるコツであると同時に、藤兵衛の処世訓でもあった。

いつもなら相部屋に泊まるが、この日は一人部屋に泊まった。部屋で荷をほどき、二十五両入りの切り餅を八つ、畳の上に並べた。四百両の為替手形もある。

梅之助の死体は、街道から外れた草むらの中に埋めた。滅多（めった）なことでは見付からないはずである。そんな手間をかけたのは、死体が発見されるのを少しでも遅らせるためだ。為替を現金化する前に死体が見付かってしまっては元も子もない。

「それにしても……」

梅之助の人の好さそうな下膨れの顔を思い浮かべながら、

「あいつは本当にいい奴だったよ」

と、藤兵衛はつぶやいた。

二

翌日、藤兵衛は品川で足を止めた。

その気になれば一気に江戸まで足を延ばすこともできたが、江戸に入る前に品川で一泊するのは、藤兵衛の長年の習慣なのだ。

当然、江戸にやって来るのは、せいぜい一年に一度くらいのものである。

藤兵衛が江戸に疎くなる。品川で宿場女郎の話に耳を傾けて、昨今の江戸の様子を窺うのが藤兵衛の習わしなのだ。

品川の宿場女郎は公娼ではなく、私娼である。

だから、品川には遊郭がない。

旅籠屋が隠売女を置いているのである。ここそこ商売しているわけではなく、旅籠に女郎がいるというよりは、女郎屋が旅籠も兼ねているという按配だ。

馴染みの女がいるわけでもないので、

「まあ、適当に」

と、藤兵衛は女中に銀の小粒を握らせた。

「ただ、あんまり若いのはあかんで」

一言だけ、注文を付けた。

女が欲しいのではなく、情報が欲しいのである。話をするには、若い女よりは世慣れた年増の方がいい。

やがて、二十代半ばといった年格好の、疲れた顔の女がやって来た。

「お酒、飲みます？」

女が徳利を持ち上げる。

「ああ、すまんな」

藤兵衛は猪口で受ける。

「だいぶ、疲れとるようやな」

「年が明けてから、立て込んでましてね。毎日、忙しくって……」

女は心底疲れた様子で溜息をつく。

女郎屋が忙しいというのは、見世の主にとっては結構なことだろうが、体を売らねばならない女にとっては少しも楽しいことではなかろう。

「あまりゆっくりもできないんだけど、やっちゃいますか」

女がうんざりしたような眼差しを衝立の向こう側に敷かれている万年床に向ける。

藤兵衛はそんな女の態度に腹を立てる様子もなく、

「それがな、せっかく来てもろうたのに、あっちの方が元気がなくてな。旅の疲れが出たのかもしれん。まったく役立たずなやっちゃで」

と笑う。

「あら」

女が不機嫌そうな顔になる。

「ま、こうして来てもろうたんや。稼ぎにならないのならば、こんな所に用はない。金はちゃんと払う。あんたも疲れとるようやし、一緒に一杯やらんかい？　酒なんぞ一人で飲んでもつまらんしな。話し相手になってもらえると助かる」

「え」

女がまじまじと藤兵衛を見つめる。

（世の中には物好きがいるもんだ……）

酒を飲むだけで金がもらえるというのならば、こんなに楽な商売はない。

現金なもので、女は急に笑顔になると、

「すみません」

と両手で藤兵衛の酌を受ける。

「お客さん、行商？」

「大坂から来たんや。呉服、担いでな」

「それは大変だねえ。でも、いいときに来なすったよ」

「何が?」

「だってね、年が明けてから、ずっとこっちは雪だもん」

「江戸もかい?」

「そりゃあ、そうでしょうよ。大して離れちゃいないんだから。何しろね……」

　女が指を折り始める。

「正月の四日、五日と大雪が降って、八日もすごい吹雪だったよ。やっと雪が止んだと思ったら、今度はずっと雨。十八日くらいまで降り続けたよ。そうしたら、また雪だもん。参るよね。二十二日も雪でしょう。二、三日前にもかなり降ったよ。だから、いいときに来なすった。もうちょっと早く着いていたら、雪で往生していたでしょうよ」

「それは難儀なこっちゃ」

「たまに降る分には、風情があっていいけどねえ。こう、しょっちゅう降られたんじゃ、いい加減飽き飽きってところさ。寒いしねえ」

「ふむふむ」

　藤兵衛は、うなずきながら女に酒を勧めつつ、

「江戸で変わったことはないか?」

と、それとなく訊いてみる。

「そうさねえ……」

女はちょっと考え、

「浅草の方でからくり人形の芝居をやっていて、たいそうな評判だっていう話だよ。この前、お客さんが話してた」

「ほう、からくり人形かい……」

そんな話を聞きたいわけではない。

「この頃は御府内も物騒らしいよ。お客さんも気をつけてね」

「何が物騒なんや?」

「だってさ、男立てっていうのが流行ってるっていうじゃない?」

「男立てってのは、武士やな?」

「そうそう。旗本奴とかいうの。着物や刀に身上を潰して、伊達を気取るらしい」

「それが物騒なんかい?」

「それを真似する連中が多いらしくてね。武士でもないくせに、お武家様の真似をする奴ら。気をつけた方がいいよ。往来なんかで行き会うと、わざとぶつかってきたりして、難癖をつけるらしいの。すぐに刀を振り回すってさ」

「そりゃあ、物騒やなあ……」

「お武家様を真似してる連中は、実際には意気地のない奴が多いらしいけど、気負い組ってのには注意した方がいいね」

「気負い組？　それは初耳や。何、それ？」

「鳶とか日雇いの若い連中が、徒党を組んで暴れるんだって。人殺しなんか、屁でもないって奴らばかりだってよ。お役人に捕まって牢屋に入れられると、かえって喜ぶんだってさ。仲間内で箔がつくから」

「ふうん」

「ま、お上も放っておけないらしくて、火付盗賊改方なんかがびしびしと取り締まっているらしいけど、焼け石に水って噂。お客さん、本当に気をつけなきゃ駄目よ」

「ああ、おおけに」

藤兵衛は口元に笑みを浮かべる。

「わたし、そろそろ行かなくっちゃ。何だか、悪いわね。お酒、ごちそうになった上につまらない話しちゃってさ」

「いやいや。楽しおましたで」

「うふ」

女は、にっと笑うと、

「今度は元気なときに来てよ」

と、藤兵衛の太股を撫でさする。

「そうさせてもらうわ」

藤兵衛も笑い返す。

三

神田川の北側、鎌倉町のうち、龍閑橋の程近くにある居酒屋「源七」は、なかなか繁盛している縄暖簾だ。

日暮れ時になると、仕事を終えた職人たちで店の中は一杯になる。

小女の由利が、絶え間なく店の中を走り回って、酒や料理を運ぶ。

客が何か注文すると、由利は厨房を覗き込み、

「勘助さん、お酒追加。熱燗で」

「勘助さん、大根の煮物と甘鯛の揚げ物」

などと早口で注文を入れる。

注文を聞くと、

「あいよ」

勘助は威勢よく返事をして、てきぱきと手際よく注文を片付けていく。

厨房は勘助一人で仕切っている。

注文が一度に殺到すると、目が回るような忙しさだが、勘助は愚痴ひとつこぼしたことがない。

全身汗まみれになりながら、

「それ、お祝いだ。お祝いだあ」

と、つぶやきながら立ち働く。

勘助は、何かというと、

「お祝いだあ」

と言うのが口癖で、仲間内では、「お祝いの勘助」と呼ばれている。

勘助は、「源七」の主人ではない。

店の主人は勘助の祖父・六衛門だ。

町内の人別帳には、確かに祖父と孫として記されているが、実の所、この二人に血の繋がりはない。なぜ、そんなことになっているのか、この二人以外に知る者はないが、勘助と六衛門は、いかにもそれらしく振る舞っていた。

働き者の勘助とは対照的に、六衛門は誰が見ても怠け者だ。どんなに店が忙しくても、仕事を手伝おうとはしない。大抵は客と一緒になって、店先で酒を飲んでいる。

「じいさん、手伝わなくていいのかよ」

客に冷やかされると、

「わしは腰が悪くてな。立ち仕事はできないのさ」

と歯が何本も抜けた口を大きく開けて嘯く。

勘助も、六衛門の助けなど最初から当てにしていないらしく、小言めいたことを口にすることもない。

「じいさんよ、『源七』ってのは、どういうわけだい？　おめえさんの店なんだから、『六衛門』にしたらいいじゃないか」

と客が訊くことがある。

すると、六衛門は、

「わしは、元はといえば下総の百姓でね。源七ってのは、同じ村にいた男の名前で、わしはそいつと仲がよかったんだ。竹馬の友ってわけだ。源七のことをいつまでも忘れないように、店の名前にしてるってわけよ」

と答えるのが常だった。

「ふうん、よっぽど仲がよかったんだな」

客が感心したように言うと、

「ま、そういうわけだ」

ひひひっと、六衛門は歯茎をむき出して笑うのだった。

この日も、いつものように店は賑やかに混み合っていた。

そこに早飛脚がやって来た。

「誰からの手紙だよ？」

客たちが好奇の目を向けると、

「下総の在所で何かあったんでしょうよ」

六衛門は適当に返事をした。

その手紙がどこから届けられたものか、客たちにはわかるはずもない。

実際には、大坂からの早飛脚だった。

六衛門は、手紙を持って二階に上がっていく。

二階に上がり、客たちの目が届かなくなった途端、六衛門の顔付きが変わる。酔った様子もなく、さっきまでへらへらしていたのが嘘のようだ。行灯に火を入れると、薄暗い明かりの下で手紙を開き、食い入るように文面に目を通し始める。

しばらくして階下に下りてきた六衛門は、厨房に入り込むと、

「勘助」

と呼んだ。

「ああ、忙しい。忙しい……」

勘助は、六衛門に顔も向けずに包丁を動かしている。

「おい、お祝いも大抵にしておきな」

「何だって？」

勘助が振り返る。六衛門の鋭い眼差しに見据えられて勘助は喉元まで出かかっていた軽口を飲み込む。

「……」

六衛門が手紙を示し、黙って顎をしゃくる。勘助はまな板に包丁を置き、濡れた手を手拭いでふきながら、六衛門のそばにやって来る。

「さっきのは、やっぱりお頭かい？」

勘助は声を潜めて訊いた。

「ああ」

六衛門はうなずき、

「催促の手紙だ。首尾はどうなった、と気にしていなさる。けっ！　金平の野郎がもたもたしているせいで、わしらまで能無しのようじゃねえか」

と押し殺した声で吐き捨てる。

「まったくだ。ふざけた野郎だ」

勘助も顔を顰める。

「お頭が来るぜ」

「え」

「もう一年だ。お頭も焦れてくる頃だろうぜ」

「そりゃあ、そうだ」

勘助はうなずきつつ、

「で、お頭は、いつ？」

と訊く。

「さあてな……。六日限りの早飛脚だが、六日で着くはずもねえから……。そうさなあ、お頭が来るのは四、五日後ってところじゃねえのか」

「なるほど……」

早飛脚を走らせると同時に大坂を発ったとすれば、六衛門の言うように、江戸に到着するのは四、五日後になるであろう。

六衛門は、手紙を細かく引き裂くと竈の中に放り込む。

「勘助、これからひとっ走りして橋本町に行ってきな。町木戸が閉まる前によ」

「金平のところにかい？」

「ああ」

「でも、そりゃあ、まずいんじゃないのか？」

「このまま放っておくのは、もっとまずいぜ。お頭が来るってのに、このまんまじゃわしらも格好がつかねえじゃないか。あの馬鹿がドジでも踏んだのかもしれないし、確かめてみないとな……」

「わかった」

勘助はうなずくと、

「あとの注文は、じいさんが片付けてくんな。なあに、手のかかる注文はないから」

と前掛けを取って、六衛門に渡す。

ちぇっ、と六衛門は舌打ちすると、

「面倒くせえな。客なんざ、みんな帰しちまうか」

と嫌な顔をする。

「馬鹿なこと言うなよ。何があったのかと、変に思われるじゃないか。いつも通りにやるのが一番いいんだよ」

「仕方ねえな……」

六衛門は前掛けを身に付け、包丁を握る。

包丁を握ると、六衛門の手がぷるぷると小さく震え、目が妖しく光る。

それを目敏く見ていた勘助が、

「包丁の扱いには注意するんだぜ。『鱠の六衛門』さんよ。料理を鱠にしちゃいけないよ」

　と、六衛門を冷やかすように言う。

「うるせえ。さっさと行きやがれ」

「ああ、行ってくらあ」

　勘助が裏口から飛び出していく。

四

　藤兵衛の江戸での定宿は、旅籠町の大島屋と決まっている。

　旅籠町は、板橋と川口方面に向かう街道の起点であり、中山道と奥州街道の裏通りにも当たっているので、旅籠が軒を連ねている。

　定宿とはいうものの、今回、藤兵衛が江戸にやって来たのは、かれこれ一年振りのことになる。

　馴染みの番頭・庄助に、

「随分、お久し振りですね」

　と言われて、

「ええ、しばらく西の国々を歩いてましてね」

藤兵衛は答えた。

「お忙しいことで」

えへへっと庄助は愛想笑いをした。

藤兵衛は如才がない。

女中たちの顔や名前もきちんと覚えていて、しかも、女中たち一人一人に、さして高価というわけではないが、手土産まで用意していた。評判というものが、何物にも代え難い大きな財産であると知っているので、こういうことには金を惜しまないのである。意識して、評判のよい客になろうと心がけているのだ。

中には新顔の女中もいる。

藤兵衛を部屋まで案内してくれたお里もそうだ。

新顔といっても年齢は食っており、三十過ぎの大年増だ。顔付きも平凡だが、痩せた体付きと、陰を感じさせる淋しげな表情に妙な色気があって、何となくお里が気になった。

用意してきた手土産は古くからの女中たちに配ってしまったので、

「何もないんで、これ、あげる」

と商売物の絹切れをお里に差し出した。

お里は驚いた。そのような高価な物を急にくれると言われて、何と対応したらいいものかわからなかったのだ。

慌てた様子が、

（素人臭いな……）

と、藤兵衛は思った。

客あしらいに慣れた女中ならば、

「あら、悪いわね」

とでも言って、さっさと懐にしまってしまうであろう。

ところが、お里は、絹切れを手にしたまま、困惑した表情で立ち尽くしている。

「お世話になります」

藤兵衛は笑みを浮かべて頭を下げ、絹切れを握っているお里の手をさりげなく胸元に押しやった。

「でも……」

「ま、ええから、ええから」

「ふふふっ」

戸惑いながらも、お里は藤兵衛の好意が嬉しいらしく、絹切れを胸に当てたまま、口元に微笑みを浮かべる。頬がほんのりと桃色に火照っている。

五

「ごめんよ」

勘助は勢いよく腰高障子(こしだかしょうじ)を引いた。

部屋の中は薄暗い。

「おい、いないのかよ?」

「何です?」

衝立の向こうで衣擦れ(きぬず)の音がする。

「義助(ぎすけ)さんはいるかね?」

「あんたは?」

「ちょっとした知り合いだ。あんたこそ、誰だ?」

勘助は勝手に框(かまち)に腰を下ろす。

「女房ですけど」

女は欠伸(あくび)しながら答える。

「女房だと? そんな話は聞いてないぞ」

「いちいち知らせなけりゃいけないような間柄なんですか?」

「ちぇっ」

勘助は舌打ちし、

(生意気な女だ……)

と思った。

部屋の中が暗いので、女の顔は白っぽく見えるだけで顔形までは判別できない。

「義助はいないんだな?」

勘助が立ち上がる。気の短い男なのだ。

「いますよ」

女が答える。

「え?」

勘助は驚く。

たった一間の狭い裏店だ。土間の向こうには六畳ほどの部屋がひとつあるだけで、その部屋を衝立で区切っているのである。

(どこにいるってんだ?)

勘助は訝しむ。

「まったくねえ……」

女が闇の中で火打ち石を打つ音がする。

行灯に明かりが灯り、部屋の中にぽーっと淡い明かりが広がる。

「おっ……」

勘助の口から声が洩れる。

女の顔が光の中に浮かび上がっている。

勘助がぽかんと口を開けたのは、女があまりにも美しかったからである。

こんな裏店にはおよそ不似合いな女だ。

「あんたが金平の、いや、義助さんの女房かい？」

うっかりと勘助は名前を呼び違えてしまう。

よほど慌てた証拠であろう。

「ええ。お園っていいます」

お園は、切れ長の目を、じっと勘助に見据えたまま小さくうなずく。

「おれは、勘助ってもんだ。義助さんから聞いてないか？」

「さあてねえ……」

お園は小首を傾げる。

「で、どこにいるんだい？」

「ここにいますけど……」

お園が衝立を横にずらす。

そこに床(とこ)が延べてあり、顔色の悪い男が、目を瞑(つぶ)って横たわっている。

六

（畜生、金平の野郎。あんないい女と乳繰(ちちく)り合いやがって……）

勘助が不機嫌そうな顔で歩いていく。

足取りが何となく重いのは、気がくさくさしているせいであろう。

（ふんっ、いい気味だぜ。てめえだけ、いい目を見ようなんて思うから、罰(ばち)が当たったのさ……）

ふと立ち止まる。

真っ直ぐ、「源七」に帰る気がしなかったのだ。

勘助は向きを変えると、馴染みの風呂屋に向かって、すたすたと歩き出した。

風呂屋といっても、銭湯ではない。

湯女(ゆな)のいる淫売宿(いんばいやど)のことだ。

「えへへへっ……」

「うふふふっ、いやあねえ」

加代が勘助の手を払いのける。

流し場で加代が勘助の背中の垢をこすっていると、勘助が後ろ手に加代の股間にそろりそろりと手を伸ばしたのである。

加代は、狎れた様子で勘助の背にもたれかかると、

「どうしたのよ？　今日は、やる気満々じゃないのさ」

と耳元で囁く。

「まあな……」

勘助が生返事をする。頭の中にはお園がいる。勘助の気持ちが散っていることを感じたのか、加代がぐいぐいと乳房を押し付ける。

「おい」

勘助はごくりと唾を飲み込み、

「上に行こうや。風呂なんざ、もういいからよ」

と誘う。

「飢えてんのねえ……」

うふふふっと笑いながら、加代は、勘助の陰嚢を掌で包み込む。

「おい、よせよ」

「いいじゃないの。したいんでしょう？　わざわざ上に行かなくったっていいのよ」

加代の手の中で、勘助の男根がむくむくと大きくなっていく。

「馬鹿」

勘助は加代の手を払いのける。

周囲には他にも客が何人もいる。

皆、湯女と戯れており、隅の方では湯女を膝の上にのせて腰を突き上げている者さえいる。勘助と加代に注意を向ける者などいないが、勘助には猫のように羞恥心の強いところがあって、人前ではその気になれないのだ。

「先に上に行って待ってなって。やっぱり、ひとっ風呂浴びて行くからよ」

「すぐに来てよ」

「ああ」

勘助は立ち上がると、流し場の奥にある戸を引いて、棚を上がる。

これは、戸棚風呂と言われるものだ。

蒸気を逃がさないために流し場と浴槽が板戸で区切られており、湯に浸かるときには戸を引いて、一段高くなっている戸棚に上る。

すぐに戸を閉める。

薄暗い室内には、もうもうと蒸気が立ち込めている。

この蒸気で汗を出し、垢をこすって湯で流す。

最後に浴槽に浸かって出るのだ。

垢は、もう加代に洗い場でこすってもらったので、勘助は少し汗をかくと、すぐに湯に浸かる。

（ああ、いい気持ちだ……）

勘助は目を瞑る。

突然、風呂屋に来たのはお園のせいだ。

お園と話しているうちに、むらむらと欲情してきて、女が欲しくてたまらなくなったのである。

（いい女だった……）

お園の姿を思い起こすだけで、勘助の股間が熱くなってくる。男根に力が籠もってくるのを感じる。

（ま、今日の所は加代で我慢しておくか……）

勘助が浴槽から出ようとしたとき、背後から強い力で肩をつかまれた。

「あっ」

と思ったときには、勘助の体は湯の中に引き戻されている。

「てめえ、何を……」

怒鳴りつけようとする勘助の耳元で、

「勘の字」

野太い男の声が囁いた。

その声を聞いて、

（お頭……）

勘助は息を呑む。

「黙って聞け」

「……」

勘助は口を閉じたままうなずく。

薄暗い上に蒸気が籠もっているので、人の姿も定かではない。

しかし、この声は間違いなくお頭の声だ、と勘助にはわかった。

「明日の夜、『源七』だ。皆に伝えろ。いいな？」

「……」

黙ったまま、勘助がうなずく。

そのままじっとしていると、誰かが戸を開けて出ていった。

勘助の体から、ふっと力が抜けた。男根は萎えている。

七

翌朝、藤兵衛は、荷物を担いで大島屋を出る。

玄関先で、

「出かけてきます」

と番頭の庄助に挨拶する。

「精が出ますねえ」

「貧乏暇なし、ですわ」

「お気をつけて。いってらっしゃいまし」

大島屋を出ると、神田川の流れに沿って東に向かう。藤堂和泉守の広大な屋敷を左手に見ながら、和泉橋で神田川を渡る。そのまま南下して、土手を越え、神田堀を渡ると、小伝馬町である。

小伝馬町に入って、まず目を引くのは伝馬町牢屋敷であろう。二千六百余坪の敷地を持つこの牢獄は、四囲に堀が設けられ、西には土手が築かれている。ちょっとした要塞といっていい。牢獄というのは薄気味が悪いと敬遠されるのか、周囲の人通りは少ない。表門は南にあって、そのあたりには多少の賑わいがあるものの、土手が盛られた西側などは人影もなく寂れている。

　牢屋敷の横を通り過ぎ、小伝馬町に足を向ける。

　人混みに流されながら、町並みに目を配る。藤兵衛が探しているのは、近江屋という油問屋である。

　小伝馬町には建具商が多く、婚礼道具の職人や商人が多い。そのせいで、箪笥や屏風を商う店が多く目に付く。そのような道具屋の並びに近江屋があった。

（ほう、繁盛してるな……）

　近江屋の前をゆっくりと通り過ぎながら、店内を覗き込む。

　近江屋は三代続いている油問屋である。先代までは細々と商いをしていたが、当代の惣右衛門がなかなかのやり手で、一代にして近江屋を大店に育て上げた。

　巷間では惣右衛門が油の買い占めに関わっていると噂されている。油が品切れを起こし、価格が高騰するたびに近江屋の蔵が増えていったからだ。

　通りの突き当たりまで行くと、踵を返す。もう一度、じっくり観察しながら、店の前を通り過ぎていく。人通りが多いので、藤兵衛の姿が人目につくことはない。

　店内からは、小僧たちの元気のいい声が聞こえ、手代や番頭が忙しげに立ち働いている姿が暖簾の隙間から垣間見える。客足は切れる様子がなく、いかにも流行っている店という感じだ。

表通りから観察することに満足すると、今度は小伝馬町そのものを観察し始めた。火の見櫓を目当てに歩いていくと、四つ辻に面して自身番と木戸番小屋がある。自身番は町内の自警団のようなもので、家主が交替で詰めることになっている。町会の寄り合い所としても使われ、むしろ、そのように使われる場合が多い。町内の顔役たちが、茶を飲みながら雑談するような場所だ。藤兵衛が中を覗いたときには、年寄りが二人、話し込んでいた。

木戸番は、その名前の通り、町と町を仕切る木戸の番人で、木戸は四ツ（午後十時頃）には閉められる。木戸番は、俗に番太郎と呼ばれる。四ツ以降に木戸を通り抜けたいときには用向きを述べて、木戸の脇のくぐり戸を通るのである。小伝馬町の番太郎は老いぼれたじいさんで、藤兵衛が通ったときには、木戸の横の屋台で子供相手に駄菓子を売っていた。番太郎は日中はすることがなく、小遣い稼ぎに日用雑貨や駄菓子を売っているのだ。

他の町に比べて、特に警戒が厳しいということはない。むしろ、のんびりしているくらいのものであろう。

それも無理からぬことだ。

すぐ隣町には伝馬町牢屋敷があって、たくさんの役人が詰めている。何かあれば、すぐに役人たちがやって来るのだ。

藤兵衛は、近江屋の二軒隣の薬屋の脇の小路に入ってみた。大人一人がやっと通れるくらいの狭い路地を辿って進むと、表店の裏手に出る。

そこは野原だった。

（水の匂いがするな……）

藤兵衛は、立ち止まって、鼻をひくひくと動かす。

野原を突っ切って、廃寺の境内を抜けると、日本橋川に達する。土手の下一面に葦が生い茂っている。

土手に立ったまま、あたりの風景をじっと眺める。光を反射しながら、ゆらゆらとうごめく川面を見つめながら、何事か思案しているようであった。

八

「すみませんねえ……」

六衛門は揉み手をしながら、最後の客を送り出す。いつもより少し早く店終いすることにしたので、客に詫びているのだ。

「なあに、腰が痛いってのに無理することはねえやな。ま、大事にしてくんな」

酔客は千鳥足で暖簾をくぐる。

「またおいでなさいまし」

仏のような人のよい笑顔で客を送り出した六衛門は、客の姿が見えなくなった途端に仮面をかなぐり捨てる。

「ちっ！　ろくな日銭も稼げやしねえくせに酒ばかり食らいやがって、たまには女房子供にまともな飯を食わせてやれってんだよ」

ぶつくさと悪態を吐きながら、縄暖簾から首を突き出して往来の様子を窺う。

暗い夜道には人通りもなく、あたりは静まり返っている。黒っぽい犬が店の横でがさごそやっているのは、大方、ゴミ溜めでも漁っているのであろう。

六衛門は外に出ると、握り拳くらいの石を拾い、黒犬に向かって力任せに投げ付ける。大した距離ではないから、石は狙い通りに黒犬の腹に命中した。黒犬は驚いたように飛び上がると、悲しそうに鳴きながら逃げていく。

野良犬の哀れな様子を見て、頬を緩めると、

「ざまあみやがれ」

と地面に唾を吐く。心張り棒で戸締まりをすると、店の明かりを吹き消して二階に上がる。

「あははっ、こんな馬鹿な話は聞いたことがねえ。間の抜けた野郎だとは思ってい

たが、ここまで極めつけの抜け作だったとはなあ……」

勘助は腹を抱えて転げ回る。「お祝いの勘助」は笑い上戸なのだ。一旦、笑い出すと止まらない男で、涙を流しながら、いつまでも笑い続けている。

人を殺めるときに、相手の腹にずぶりと匕首をねじこみ、

「それ、お祝いだあ」

と言うのが口癖で、それで「お祝いの勘助」と呼ばれているのだが、そんなときにも口元にはうっすらと笑みを浮かべている。いつもへらへらしているが、人が好いわけではない。物騒な男であった。

「そりゃあ、入痣を悪いとは言わないが、よりによって、あんなところに……。ねえ、そう思いませんかい？」

勘助が話を振った相手は、刀を抱いて壁に背をもたせかけている浪人者だ。

入痣とは刺青のことである。

勘助は笑い涙を拭いながら、浪人者に同意を求める。

「ああ、おかしいったらねえや」

この仏頂面をした浪人、通称「最上の角右衛門」は、じろりと勘助を睨んだだけで返事もせず、黙って冷や酒を口に含む。元々、無口な上に、軽薄な勘助のことが好きではない。

もっとも、勘助にしたところでそれはお互い様で、何かというと、

「拙者、今でこそ浪々の身であるが、家系を遡れば、代々奥羽の最上家で侍大将を勤めた家柄の出でござってな……」

と嘘か本当かわからない家系自慢を、滔々とまくし立てる角右衛門が嫌いなのだ。

（そんな立派な家に生まれたお侍が、何だって今のような境涯に落ちてしまったんだよ。ご先祖さまが、さぞかし墓の下で嘆いていることだろうぜ。それにしたって、こいつの話が本当だとしての話なんだが……。どうせ嘘八百に決まってるさ。せいぜい最上家の足軽でもやってたってところに違いない。まあ、こいつが田舎者だってことだけは間違いのないところだが……）

と片腹痛い気がするのである。

実際、

「どうして最上家に禄を返上することになりましたので？」

と訊くと、

「うむ。武士の世界というのも、なかなか暮らしにくいことがあってな。あちらを立てれば、こちらが立たぬ、ということも多く、何かと義理立てせねばならぬような面倒なこともあって……」

と、角右衛門は要領を得ない曖昧な物言いでお茶を濁すのが常だったが、そこで尚

もしつこく、

「つまりは、どういうことなので？」

と追及すると、途端に不機嫌になってしまい、そんなときには、

「ああ、酔った、酔った。眠くてたまらぬわ」

と、ごろりと床に大の字にひっくり返って狸寝入りを決め込んでしまうのだ。

角右衛門が何とも言わないので、勘助は、

「松っさん、どうだい、おかしかないかい？」

行灯の横で楊枝を削っている松蔵に声をかける。

松蔵は、小刀の手を休めずに小さくうなずく。

「考えてもみなって。どこの誰が、てめえのふぐりに入痣をしようなんて考えるのだい？　だってよ、ふぐりってのは痛えじゃないか。握ったって、つねったって、ちょっと力を入れただけで、大の男が、痛え、痛え、と悲鳴を上げて飛び上がるじゃないか。そんなところにだぜ、何だって、好きこのんで針を刺さなくっちゃならないのだい？　しかも、そのために金平の馬鹿は生死の境をさまよっているのだぜ。どうだい、松っさん、これが笑わずにいられるか？　世の中にこれ以上馬鹿馬鹿しい話があったら教えてくれい」

勘助は、膝を叩いてふんぞり返る。

松蔵はうつむいたまま、声を出さずに口元を緩める。さすがの松蔵も笑いを堪えることができないらしい。松蔵が感情を表すのは珍しいことだ。

松蔵をよく知らない者は、

「唖者ではないか」

と疑うくらいに松蔵には表情というものがなく、口も利かない。

しかし、読み書きはできないが唖者というわけではない。

普段、木箱に楊枝と歯磨きを入れて売り歩いているこのおとなしい男は、仲間内では「手込めの松」と渾名されている。押し入った先で必ず女を手込めにする、という習慣があるからだ。

そんなときの松蔵は、まるで人が変わってしまうようだった。

女が泣こうが喚こうが容赦しない。

逆らえば、殺す。

己の欲望だけに忠実な男なのだ。

松蔵の心には、慈悲とか思いやりという感情は最初から存在していない。

あるとき、押し入った先で、女といえば十歳くらいの少女しかいない、ということがあった。

松蔵は、躊躇なくその少女に襲いかかった。

「好きな物を持っていっていいから、この子にだけは手を出さないで下さいまし」

と止めに入った父親を松蔵は平然と刺し殺すや、

「嫌だ、嫌だ」

と泣き叫ぶ少女を、犯し、殺した。

自ら手にかけた父と娘の骸を見下ろす松蔵の顔には、やりたいことをやったという満足感だけが漂っていた。

普段は実におとなしく、物静かな男だが、押し込みの現場では狂犬に変貌する。

何が松蔵を変えるのかはわからない。止めようとすれば仲間にさえ切りかかってくるような危険な男になってしまうのだ。

字の読めない松蔵は、手紙で連絡を受け取ることができない。そのために、何かあれば勘助が直接会って、様々な連絡をすることになっている。

それ故、仲間内で松蔵と最も親しいのは勘助ということになるが、その勘助でさえ内心では、

（こいつは畜生以下の野郎だ……）

と、松蔵を軽蔑しきっている。

「金玉に針を刺すような馬鹿がこの世にいるとはねえ……」

という勘助の話に、

「ふふふっ……」

さすがに仏頂面の角右衛門も耐えきれなくなったのか、ついには相好を崩す。

「勘助、少し黙らねえか」

六衛門が鋭くたしなめる。

「ふん」

勘助はそっぽを向く。

表向きは祖父と孫という間柄になっており、普段はいかにもそれらしく振る舞っているものの、この二人も仲はよくない。

六衛門からすれば、勘助など、

(青臭い小僧が……)

という目でしか見られないし、一方の勘助からすれば、

(役にも立たないくせに、偉そうなご託ばかり並べやがって……)

六衛門の説教めいた言い草が癪に障って仕方がないのだ。

一見、好々爺然とした六衛門も一癖ある男である。

今でこそ年老いているものの、若い頃には「鱠の六衛門」と恐れられていた。

刃物を持つと顔付きまで変わる男で、六衛門に殺められた仏は、顔形も判別できないほど、つまりは「鱠」のようにずたずたに切り刻まれることで知られていた。だか

ら、「鱠の六衛門」なのだ。刃物を手にすると妙に落ち着かなくなり、性格が凶暴になる。店で刃物に手を触れないようにしているのはそういう理由であった。

六衛門の性格には明らかに歪（ゆが）んだところがあって、店名の「源七」というのは、幼い頃に親しかった友達の名前ではなく、六衛門が最初に殺めた相手の名前なのであった。下総の百姓の生まれだというのは本当だが、つまらないいざこざが原因で同じ村の源七という男を殺し、村に居られなくなって江戸に逃げてきた。

この場にいるのは、一癖も二癖もある凶悪な男たちである。普段は何食わぬ顔で平凡な暮らしを営んでいるが、それは表の顔に過ぎず、仮面を取り去れば情け容赦のない盗賊の素顔が現れるというわけだ。

この「源七」という居酒屋は盗賊一味の拠点、盗人宿（ぬすっとやど）なのである。

六衛門が神妙な顔付きで、

「お頭、どうなさるので？」

と上座の中年男の顔を見上げる。

藤兵衛であった。

凶暴な男たちを束（たば）ねる盗賊の頭、世間向きには「東屋藤兵衛」、裏の世界では「閻（えん）魔（ま）の藤兵衛」として恐れられる男だ。

それまで、じっと目を瞑っていた藤兵衛は、六衛門に声をかけられてようやく目を開けた。

藤兵衛が一同をじろりと見回すと、饒舌（じょうぜつ）だった勘助までが口を閉ざし、顔から笑いが消える。角右衛門も茶碗を下に置き、藤兵衛を見る。

ただ、松蔵だけが変わらぬ様子で、楊枝を削っている。

九

「勘の字」

「へい」

藤兵衛に声をかけられた途端、勘助は背筋をピンと伸ばし、姿勢を正した。

「金平が寝込んじまって、歩くこともできないのは本当の話か？」

「昨日の夕方、金平の裏店に行って、この目で確かめて参りましたので……」

勘助は、ちらりと藤兵衛を見上げ、

（ほら、お頭と風呂屋で会う、ちょいと前のことですよ。あんな所でお頭に声をかけられちまったもんで、驚いたの何のって、おかげで加代を抱く気も失（う）せちまったってわけで……）

と腹の中でつぶやく。

「何だって、金平の裏店に行く気になったのだ？　普段は仲間同士の関わりを持たないのがわしらの掟のはずだぜ」

「お頭、勘助を金平の長屋に走らせたのは、わしなんでございますよ」

六衛門が横から口を挟んだ。

「あんたが？」

藤兵衛が訝しげに六衛門に顔を向ける。

「近江屋の間取りを、本当なら十日前に知らせてくるはずの約束が、いつまで経っても金平からは何の連絡もないし、お頭からの早飛脚が届いたりもしたんで、掟破りを承知で勘助に様子を見に行かせたので……」

「ふうむ……」

藤兵衛は渋い顔だ。

「金平の怪我ってのは、今夜の集まりに出られないほど重いというのだな？」

「あのざまじゃ、とっくにくたばっていてもおかしくありませんぜ」

勘助が言う。

「わしが直接出向いて確かめればよかったんですが、ここのところ腰の具合が悪くて、足が思うように動かないもので……」

六衛門が弁解がましく言い訳する。

しっ、と六衛門を手で制して、藤兵衛が立ち上がる。

「勘助」

藤兵衛は行灯を顎でしゃくる。

「へい」

勘助は素早く明かりを吹き消す。

藤兵衛は閉め切った雨戸を繰って、外の様子を窺う。

拍子木(ひょうしぎ)を打つ音と共に、

「火の用心さっしゃりましょう」

夜回りの声が聞こえる。

「最上さん」

藤兵衛が角右衛門の名を小さく呼ぶ。

それだけで意味が通じたのか、

「承知」

と言うや角右衛門は刀をつかんで、階下に下りていく。暗闇の中で藤兵衛、勘助、六衛門、松蔵の四人は息を潜める。

松蔵が楊枝を削る音だけが規則正しく続く。

明かりなどなくても、松蔵は平気らしい。

「ええい、松っさん、やめてくれい。いらいらするぜ」

勘助が苛ついた声を発する。

楊枝を削る音がぴたりと止む。

やがて、角右衛門が戻ってくる。

階段を上ってくる足音も聞こえなかった。

見かけによらず、敏捷な男だ。

「近くを見てきたが、不審な者はおらん。ただの夜回りだったようだ」

と腰を下ろす。

「気を回しすぎたか……」

藤兵衛はつぶやいて、勘助に明かりを灯すように命じる。

火打ち石を打ちながら、

「お頭が用心なさるのも、もっともでさあ」

と、勘助が口を開く。

「加役の犬どもがそこら中を嗅ぎ回ってやがる。近頃は物騒だってんで、日が暮れると出歩く者も少ないが、何がそんなに物騒なのかっていえば、加役が物騒なんだって言う始末なので。連中ときたら、手当たり次第にふん縛って、牢に放り込みやがるから……」

勘助の言う「加役」というのは、火付盗賊改を指している。

部屋の中が明るくなる。

といっても、魚の油を燃やしているので、行灯からは黒い煙が立ち上り、霧の中にいるように互いの顔もぼんやりとしか見えない。

「江戸はそんな物騒かい？」

品川の女郎が話してくれたことを思い返しつつ、藤兵衛は誰に訊くというわけでもなく口にする。

「何を血迷っているのか、連中は本当に手当たり次第らしい……」

角右衛門が独り言のようにつぶやく。

「罪を犯していようがいまいがお構いなしという有様で、牢に放り込まれたが最後、何かしら罪を認めないことには責め殺されちまうという噂ですよ。罪を認めたら認めたで首を落とされるわけだから、加役に睨まれたらどっちにしても助からないってわけで……」

勘助が言う。

「ふうむ」

藤兵衛がうなずきつつ、

「今の加役の頭は、中山伊織（なかやまいおり）だったな？」

と訊く。

「へえ、一年前から加役を続けています」

勘助がうなずく。

「ここ一年で江戸は随分変わりました。中山伊織が加役を勤めるようになってからです。人が言うには、確かに押し込み、強盗は減ったし、気負い組もおとなしくなったが、もっと物騒なものが現れた。それが中山伊織だってわけでして。まあ、おとなしくしてる分には、どうってこともありませんが」

「乞食（こじき）芝居とはよく言ったものだ」

角右衛門が吐き捨てるように言う。

江戸の者たちは、陰で、町奉行や勘定（かんじょう）奉行を「檜舞台（ひのきぶたい）」と呼び、加役の火付盗賊改を「乞食芝居」と蔑（さげす）んでいるという。町奉行にしても、勘定奉行の公事方（くじかた）にしても、やり方がきちんとしていて、さすがに堂々としているが、加役は、すべての点においてやり方がぞんざいで荒っぽい。それで乞食芝居などと罵（ののし）られ、憎まれている。

「今度の稼ぎの準備には金と時間を随分とかけた。今更、止めるのも惜しい気がするが……」

藤兵衛がつぶやく。

「お頭は金平が裏切ったとお考えなので？」

　六衛門が訊く。

「そうは思いたくないが、金平も今夜の集まりがどういうものかわかっているはずだろうよ」

「わしが金平なら、たとえ這ってでも出ようとするだろうな」

　角右衛門が言う。

「金平がいなくては今度の稼ぎはできぬ。間取りがわからないし、中から手引きする人間も必要だ。が、危ねえ橋を渡るつもりもない。稼ぎには次の機会があるが、命はひとつしかない。一度でもしくじったら、三途の川を渡ることになるからな」

「お頭、明日にでもわしがもう一度金平の様子を見に行ってきます」

　と、六衛門が言うと、

「いや、わしが自分で行く」

　藤兵衛は首を振る。

「金平が裏切ったとしたら……？」

　角右衛門が口を開く。

「……」

　藤兵衛が冷たい視線を角右衛門に向ける。

「言うまでもない、ですな」

　ふふふっと、笑いながら角右衛門は冷や酒を口に含む。

「ふんっ、本当なら金平は一年前に始末されてても文句は言えなかったはずだ。あんなとんでもないへまをしやがったんだから……。あいつのせいで、おれたち揃って獄門にされるところだったんだからな。まったく金平の野郎……」

「ところで、勘助」

　藤兵衛が勘助の長口上を止める。

「金平は、何だってまた、ふぐりに入痣なんかをする気になったのだ？」

「さあて、金平の奴、頭がおかしくなったんじゃありませんかねえ。そうでなければ、色惚けに違いありませんや。あいつにはもったいないようないい女と暮らしてやがるからなあ……」

　勘助は、好色そうな表情で、えへへへっと笑った。

十

「いやです。放して下さい！」

「いいじゃないか。小娘というわけでもなし、淋しい者同士、ちょっと慰め合おうと言っているだけだよ」

「嫌です」

お里が庄助を押しのけようとする。

旅籠・大島屋の布団部屋の中だ。

「ちょっと手伝ってくれ」

庄助に呼ばれて布団部屋に入るなり、いきなり襲いかかってきた。

庄助は抜け目なく戸口を背にして立ち、お里を部屋の隅に追い込んでいく。

動きにそつがない。手慣れている。

こういうことをするのは初めてではないのであろう。

「お願いです」

「ほらほら、あまり騒ぎ立てると誰かが声を聞きつけてやって来るぞ」

いかにも好色そうな目付きで、お里の腰のあたりをなめるようにじろじろと眺めつつ、歯茎をむき出して笑う。

「こっちに来なさい」

庄助がお里の腕をつかむ。

「放して下さい」

必死に腕を振り回すと、手の甲が庄助の口元に当たる。

「あっ」

庄助は声を発して、顔を押さえる。

お里も、ハッとしたように硬直する。

庄助の唇が切れて、血がたらたらと流れ落ちる。

「やったな……」

手で顔を拭うと、血がべっとりと付く。

「そっちがその気なら、こっちにも考えがある。わたしも大島屋の番頭だ。おまえなんかに馬鹿にされて黙っているつもりはない。言うことが聞けないのなら、店から追い出してやる。おまえのような年増女を雇うような物好きは滅多にいないぞ。いいんだな？」

庄助の声には怒気が含まれている。

血を見て、激昂したようだ。

「あの……。そんなつもりじゃ……。追い出さないで下さい」

お里はすっかり怯えきっている。年齢の割には世間知らずなのであろう。目に涙を溜め、自然と哀願口調になっている。

「おとなしくしてればいいんだ！」

庄助がお里に飛びかかる。華奢な体を両腕で抱き締めて、布団の上に押し倒す。

「いや！」

反射的に庄助の体を押しのける。

「ふざけるんじゃないよ！」

カッとなった庄助がお里の頬を力任せに平手で張る。

「あ」

お里が布団に倒れる。

「いいかげんにしろ。本当に追い出すぞ」

庄助が脅し文句を吐きながら、お里の着物の裾を腰までまくり上げる。

お里は、もはや抵抗しようとはしない。大島屋を追い出されたら、路頭に迷うことになる。夜鷹にでもなって、体を売るような羽目にならないとも限らない。

そこまで落ちぶれたくはない。

ならば……。

ほんのしばらくの間、我慢しさえすれば……この嫌な男の好きなようにさせれば
……そう考えて、覚悟を決めたのだ。

真っ白なお里の尻を執拗に撫で回しながら、庄助は股間から貧相な男根をつかみ出す。まだ元気がなく、下を向いて垂れている。このままでは役に立ちそうにない。

「ふん」

庄助は、人差し指と中指を真っ直ぐに伸ばして、お里の陰部に差し込む。

「う」

お里がぴくりと体を震わせる。

庄助が乱暴に指を動かす。

お里の表情が苦痛に歪む。

しかし、庄助は自分勝手な男だ。

お里の痛みなどに頓着しない。

お里の表情が歪んだのを見て、

（感じているな……）

と勝手に勘違いして、

（ふふふっ、もっと喜ばせてやるぞ）

力任せに二本の指を根元まで押し込む。

中でぐりぐりと動かす。

お里が体をよじる。

必死で声を押し殺している。こんな姿を朋輩に目撃されたら、意地の悪い女たちに何を言われるかわからないからだ。それこそ、大島屋にいられなくなる。

（耐えよう……）

と、お里は覚悟を決めた。

お里は唇を噛んで、目を瞑っている。

じっと嵐が過ぎ去るのを待つのだ。

庄助の息遣いが荒くなる。

お里の小袖を腰から背中にまでまくり上げ、白い肌に舌を這わせる。

お里の肌を吸いながら、右手の指をお里の体の中で動かし続ける。

左手も休んでいるわけではない。

お里の乳房を乱暴にわしづかみにして、弄(もてあそ)ぶ。左手は乳房を愛撫し、口で背中の柔肌を吸い、右手で陰部をまさぐる。

お里の背後から庄助がのしかかる。強引にお里に押し入る。

「あ、あ……」

堪えようのない声がお里の口から洩れる。

苦痛の声だ。目尻に涙が滲(にじ)んでいる。

「たまらん……」

庄助が腰を動かす。

その度に、お里は痛みを感じる。

「うっ」

庄助の動きが止まる。

体が小さく震え、表情が緩む。

終わった。

庄助は体を離してきぱきと身繕(みづくろ)いすると、

「よかっただろう？　これからも、気が向いたら抱いてやる」

と言い残して、さっさと布団部屋を出ていく。

後にはお里が残される。

やがて、起きあがると、乱れた着衣をのろのろと直し始める。

十一

藤兵衛は、町木戸が開くまで「源七」で待って、それから大島屋に戻った。

宿の者には、

「取引先との付き合いで、今夜は帰れんかもしれません」

と、あらかじめ言っておいたので、妙な詮索をされることもない。

「今、お帰りですか？　ゆうべはだいぶ飲んだようですね」

玄関先で番頭の庄助に声をかけられた。

「この年齢になると、一晩飲み明かすいうんも辛いんですけど、滅多に顔を合わすこともでけへん大切なお客様ですからな」

藤兵衛は如才なく答える。

「わたしもお客様相手の商売をしてますから、よくわかります。大変ですね。もっとも……」

くくくっと脂ぎった頰を震わせて、

「それなりの旨味もあるでしょうけど」

と、庄助が笑う。

（ゆうべは、さぞお楽しみでしたろう。そんなことくらい、隠さなくてもわかっていますよ……）

とでも言いたいらしい。

（嫌な男だ……）

と思ったが、感情を露骨に表に出すほど藤兵衛は正直な男ではない。

「いや、まったく」

表面はあくまでも愛想良く、にこやかに応対して、廊下を歩き出す。庄助に背を向けた瞬間、藤兵衛の顔から笑みが消えている。

（さすがに疲れたわい。ひと眠りしないことには体がだるくて仕方ねえ……）

首筋を揉みながら、廊下を渡っていく。

部屋に戻る前に厨房を覗いてみる。

朝飯を食っていないので空腹なのだ。

厨房には人影がない。

とうに朝飯時を過ぎており、片付けを終えてしまったようだ。

ちょうど向こうからお里がやって来る。

暗い顔をして、うつむいている。

藤兵衛は笑顔を装い、

「おはようございます」

と腰を屈める。

東屋を演じているときの藤兵衛は腰が低く、愛想がよい。

「すんませんけどな、わし、朝飯食うてませんのや。残り飯でもあったら、釜の底をさらって食わせてもらえませんやろか？」

「え？」

ぼんやりとしていたお里は、藤兵衛の話を上の空で聞いていたのだ。

藤兵衛は笑みを浮かべたまま、もう一度同じことを繰り返す。

「誰もいませんか？」

「へえ」

お里は厨房に入り、鍋や釜を覗いて、

「あの、本当に残り飯くらいしかありませんけど、それでいいんですか？」

と訊いた。

「へえ、へえ。結構でございます。残り飯に汁でもかけてもらえたら、大変なごちそうですよ」

藤兵衛は、お里が用意してくれた茶飯(ちゃめし)を二杯そそくさとかき込む。

「ふーっ、おかげさんで腹が膨れました。おおけに、おおけに」

藤兵衛はお里に礼を言うと、

「ついでにひとつ頼まれてくれまへんか？」

と、お里の顔を覗き込む。

「何でしょう？」

「二刻(ふたとき)ばかりしたら、起こしに来てもらえへんやろかと思うて」

「二刻ですね？」

「へえ」

藤兵衛は部屋に戻ると、布団に潜り込む。

（ああ、疲れた……）

目を瞑ったときには、すでに寝息になっている。

それから四時間……。

お里は、藤兵衛に頼まれた通りにきちんと起こしにやって来た。

「ああ、よう寝たわ」

布団に起きあがった藤兵衛は、大きなあくびをする。もっとも、お里がやって来る前から布団の中で目を覚ましていた。藤兵衛の体内時計は正確で、あらかじめ自分が決めた時間だけ眠るとぴたりと目が覚める。万が一、寝過ごしたときのことを考えて、念を入れてお里にも頼んでおいただけのことである。

「今、何時やろか？」

「四ツ半（午前十一時）頃ですよ」

「ふふふっ……」

藤兵衛はお里の手を引く。

「あ」

お里の身体が藤兵衛の膝の上に倒れる。

「な、なにを……」

慌てたお里は、咄嗟に藤兵衛の胸を押す。

しかし、藤兵衛はお里の腕を払いのけると、お里を抱き寄せ、耳元で、

「好きなんや……」

と囁いた。

お里が、ビクッと身体を震わせる。

藤兵衛はお里の口を吸う。

お里が自ら舌を絡(から)ませてきたのだ。

(見た目と違って淫乱な女だったのかな……?)

藤兵衛は期待を裏切られたような気がした。

ところが……。

お里は泣いている。

涙で目を潤ませながら、必死に藤兵衛にしがみついてくるのだ。

「もっと……」

お里が喘(あえ)ぐようにつぶやく。

「え?」

「もっと言って」

「何を?」

「好きって……。わたしを好きって……」

「ああ」
藤兵衛は合点し、
「好きやで。あんたのことが大好きやで」
と耳元で囁き、お里の耳たぶをしゃぶる。
「ああっ……」
お里が藤兵衛の体に足を絡ませてくる。
二人は互いの舌を求め合い、唾を吸い合う。
口を吸いながら、藤兵衛はお里の胸元に手を差し込む。
固くなった乳首が藤兵衛の指を押し返す。
乳首をつまみつつ、藤兵衛は掌で乳房を愛撫する。
（ほう……）
藤兵衛は心の中で感心した。
お里は、女としてはとっくに薹が立っている。
年齢は三十過ぎ。
器量は十人並みより、やや落ちるというくらい。
が、体はまだまだ若い。
張りのある乳房を愛撫しただけで、藤兵衛は、

（案外、これは拾い物かもしれぬ……）

とピンときた。

涙の意味がわからなかったが、お里が本気になったことだけはわかった。お里の裾を割って、股間に指を滑り込ませると、すでに豊かに湿っていたからだ。

小半刻も経って……。

藤兵衛は、さっさと身繕いをした。

荷物を担ぎ、部屋を出るとき、

「あ、そうや」

と懐から金粒を取り出し、

「これで、なんぞうまいもんでも食うて。な？」

優しい口調で、お里の手に握らせた。

お里はまだ乱れた襦袢姿のまま、呆然とした様子で、

「旦那さん、どうして……どうして、わたしなんかを……？」

と藤兵衛を見上げる。

藤兵衛はとろけそうな笑顔をお里に向け、

「さっきも言うたやないか。あんたのことが好きだからや」

「好き？　わたしを……？」

「そうや。堪忍やで」

「……」

お里は無言で藤兵衛を見送る。

すっきりした血色のよい顔付きで階下に下りると、

「ちょっと出てきます」

と、番頭の庄助に挨拶した。

「お忙しいことですね」

「せっかく江戸に来たんやから、せいぜい稼がんとね」

「お気を付けて」

「へえへえ」

荷物を担いで大島屋を出る。

背中にしょっている荷の中身は、京や大坂で仕入れた本物の絹織物(きぬおりもの)だ。荷物を担いでいるときの藤兵衛は、物腰から顔付きまですっかり呉服商人になりきっている。

十二

藤兵衛が橋本町一丁目の金平の裏店の木戸を潜ったのは、八ツ（午後二時）を回った頃である。

ここに来るのは、ほぼ一年振りで二回目になる。

しかも、以前に足を運んだときは夜更けで、周囲の様子などほとんどわからなかった。それにもかかわらず、途中、一度も迷うことがなかったのは、藤兵衛の地理感覚がいかに優れているかということの現れであった。

小便臭い路地を奥に向かう。路地の両側に長屋が向かい合って建っている。金平の部屋は路地の突き当たりだ。路地の中ほどに井戸がある。そこでおかみさんたちが洗濯したり、髪を洗ったりしている。

洗濯している女が、

「それでね、お園さん……」

と笑いかけた拍子に、洗濯水が藤兵衛の裾にはねる。

「あら、やだ。どうしよう」

洗濯していた女が慌てて立ち上がったが、藤兵衛は、

「いやいや、大したことおまへん。気にせんといて下さい」

と手を振る。

髪を洗っていた女が顔を上げ、藤兵衛と目が合った。女は無遠慮に藤兵衛の目をじっと覗き込む。

「……」

藤兵衛は喉元まで出かかった言葉をぐっと呑み込む。女は二十歳を少し過ぎたくらいだが、藤兵衛が一瞬、息を呑むほどに美しい。妙な息苦しさを感じ、何となく居心地が悪い。外向きの仮面を忘れて、欲望にぎらついた盗賊の顔が垣間見える。

しかし、すぐににこやかな笑顔に戻り、

「失礼します」

と会釈して、路地の奥に向かう。

（こんな薄汚い長屋にもあんな女がいるのか。掃き溜めに鶴、というやつか……）

歩きながらも、藤兵衛の脳裏からさっきの女の姿が離れない。

「ごめんなさいよ」

藤兵衛は金平の部屋の戸を引く。

昼間だというのに、中は薄暗い。元々、日当たりが悪い場所にある上に、部屋を閉め切っているせいだ。

が、わずか六畳ほどの部屋である。目が慣れると、大体の様子はわかる。

土間に入る。

左手が洗い場になっている。

藤兵衛は油断なく部屋の中に目を走らせる。

すでに仮面は脱ぎ捨てている。ここに立っているのは東屋藤兵衛ではなく、閻魔の藤兵衛として恐れられる盗賊の頭だ。

男の一人暮らしといえば、むさ苦しいものに相場が決まっているが、部屋は小綺麗に整頓されている。

(女と一緒にいるというのは、どうやら本当らしいな……)

藤兵衛は不機嫌そうに顔を曇らせる。

部屋の真ん中に衝立があり、その向こうから、

「ううう……」

という苦しげな呻き声が聞こえてくる。

「金平か?」

藤兵衛が声をかける。

すると、後ろから、

「話しかけたところで、わかりゃしませんよ」

「え?」

藤兵衛はぎょっとした。振り返ると、戸口に立っているのは、さっき井戸端で髪を洗っていたお園という女だ。

「あんたは?」

藤兵衛が訊く。

お園はそれには答えず、

「そんな所に立ってないで、まあお上がりになって下さいな」

手拭いで髪の水気を拭いながら言った。

「それじゃお邪魔します」

「狭い所で窮屈でしょうけど。お茶でも淹れますから」

「すんまへん」

藤兵衛は背中の荷物を板敷きに下ろし、部屋に上がり込む。

（これが勘助の言っていた女だな……）

藤兵衛の頭は忙しく動いている。一年前、金平と最後に会ったとき、金平は独り者だったし、好いた女がいるという話も聞かなかった。その後にこの女と知り合い、一緒に暮らすようになったに違いない。

藤兵衛はそのことに無性に腹が立った。衝立の方に鋭い目を向ける。衝立の向こう側に金平が寝ているはずだ。

（わしにひと言の相談もなく、金平の野郎、勝手なことをしやがって……）

藤兵衛の顔が怒りで充血してくる。

金平は「稼ぎ」の準備中だったのだ。

一年以上前から、金平は近江屋に入り込んで内情を探っていたのである。大事な仕事の準備中に女をうちに引き入れ、しかも仲間の集まりにも顔を出さないとすれば、それだけでも死に値するのだ。

にもかかわらず、何故、そのようなことをしたのか、藤兵衛にはそこのところがどうしても理解できなかった。

「わしは東屋藤兵衛という呉服屋でございます。義助さんには、以前、えらいお世話になったことがおましてな。久し振りに江戸に来て、近江屋さんにご挨拶に伺ったところ、病気で寝込んどるいう話やありませんか。それで慌ててお見舞いに参上したという次第です」

義助というのは、金平が近江屋で名乗っている偽名だ。

近江屋に挨拶に行ったなどという、簡単にばれるような嘘をついたのは、

(場合によっては、この女も……)

金平と一緒に始末してしまおうと考えていたからだ。

お園は、妙に白々とした顔で藤兵衛を見つめ、黙り込んでいる。

「義助さんに挨拶させてもろてかまいまへんか？」

「どうぞ」

お園はうなずくと、

「どうせ、何もわかりゃしませんけどね」

と微かに笑みを浮かべる。

藤兵衛は衝立をずらし、金平に体を寄せる。

金平は、毒が回っているせいなのか、顔がどす黒く変色しており、顔に汗の玉を幾つも浮かべている。まだ二十代半ばだというのに、すっかり老け込んで見える。肉が削げ落ちたように痩せ衰えており、時折、薄く開いた口から、

「ううっ……」

と苦しげな呻き声を出す。そのたびに黴臭い煎餅布団の胸のあたりがわずかに上下する。

（こいつは……）

藤兵衛は言葉を失った。金平の病気は想像していたより、ずっとひどいようだ。

（死ぬんじゃないのか……）

勘助が、

「あの馬鹿、ふぐりに入痣を彫りやがった」

と大笑いしていたので、藤兵衛は、

（金平のやつ、裏切ったに違いない）

と決め込んでいた。そんな間抜けな話は、とても信じられなかったからだ。

（金平……）

藤兵衛は、不健康に黒ずんだ顔色をした金平の苦しそうな寝顔をじっと見つめる。

色白の優男（やさおとこ）だが、目元が涼しく顔立ちが整っているので、まるで浮世絵に描かれた役者のようだと、奉公先では必ずといっていいほど女中たちに騒がれたものだ。

今の金平からはその頃の面影がまるっきり失せている。

もっとも、どんなに女にもてたといっても、

「身辺をきれいにするのだ」

という藤兵衛の戒め（いまし）めを固く守って、金平が稼ぎの最中に女と深い仲になったことなど今まで一度としてなかった。

藤兵衛一味の最古参は六衛門で、六衛門はまだ藤兵衛が一党を率いる前から繋がりがある。

かれこれ二十年以上も前の話だ。

金平と藤兵衛の付き合いも古い。

といっても、金平が六衛門のような年寄りだというわけではない。金平はまだ三十前、せいぜい二十六、七というところだ。つまり、金平が一味に加わったのは、金平が七つか八つの頃だったのである。

（利発そうな顔をしていたっけ……）

藤兵衛は金平に初めて会ったときのことを鮮明に覚えている。

まだ幼い金平を見るなり、

（これは、ものになる）

と見抜き、将来、何らかの役に立つであろうと見込んで手元に置いて養育することにしたのであった。

実際、金平は、長年にわたって藤兵衛のためによく働いてくれた。藤兵衛が自負するように、藤兵衛には人を見る目があったということであろう。

「まったく、ひどい有様になってしまって」

瞬(まばた)きもせずに金平を見つめる藤兵衛の横にお園が坐(すわ)り、茶を勧めた。

「何だって、こんなことに……？」

「ええ……」

お園は言葉を濁した。

（亭主がふぐりに入痣を彫ったなどとは口にしたくもねえか……）

藤兵衛は金平の病気が本当だと確認できれば、それでいいのだ。計画は変更せざるを得ないが、金平が裏切っていなければ、いずれ近江屋を襲うことができる。

話題を変えて、とりとめのない世間話をひとくさりすると、藤兵衛は腰を上げる。

「すっかり長居しましたわ。江戸にはもう少しおりますから、またお見舞いに寄らせてもらいます」

藤兵衛は荷物を背負い、丁寧に腰を屈めると、

「土産物も持ってきませんでしたので、これで何ぞうまいもんでも義助さんに」

と鼻紙に金の小粒を包んでお園に渡した。お園は黙って鼻紙を受け取ると、じっと藤兵衛を見つめる。

「そんじゃ、また」

藤兵衛は戸を開けて、外に出る。

（いい女だが、ちょっと鈍いのかな？）

と、藤兵衛は思った。

木戸口まで来たとき、背後から足音が聞こえた。

振り返ると、お園だ。

「どうしました？」

お園は、息を弾ませながら、

「お待ちになって東屋さん。いいえ、それともお頭とお呼びしましょうか？」

と顔色も変えずに言う。表情が変わったのは、藤兵衛の方だ。顔を強張（こわば）らせて、無言でお園を睨む。

十三

裏店の木戸口で、

「お頭とお呼びしましょうか？」

と、お園に言われて、内心動揺した藤兵衛だが、表面は至極落ち着いた様子で、

「それは、何のことです？」

と惚けた。

お園は、

「何なら、お上に届けてもようござんすが」

と強気に出た。そこまで言われては藤兵衛も折れざるを得ない。

「まあ、ここで立ち話というのもなんや。どこか静かに話のできるところに行きまへんか？」

先になって歩き出す。その後ろをお園がうつむいて歩く。

道々、二人はまったく口を利かなかった。

藤兵衛は驚きが収まってくると、お園をどう扱おうかと腹の中で検討し始める。何より、お園の真意が計りかねる。何が狙いなのかわからない。

（金かな……？）

それなら話は簡単なのだが、と藤兵衛は思った。

欲の皮の突っ張った人間の扱い方なら、よく知っているからだ。

藤兵衛は心の中で、

（どこまで知っていやがるのか、それを確かめた上で始末しちまおう……）

と決めた。

お園は、無表情に藤兵衛の後ろからついてくる。

警戒心を抱く様子もなく、黙って後ろからついてくるお園の落ち着き振りが、藤兵衛には少々不気味に感じられる。

両国・米沢町にある小料理屋「浜木綿」は、東は大川、南は薬研堀に面している。この小料理屋は、藤兵衛の馴染みであった。

もっとも、「浜木綿」の主人・吉五郎と藤兵衛は親しく腹を割って話をするという様な仲ではない。そもそも吉五郎は滅多に店に居た例がなく、普段は商売を女房に任せて、もっぱら釣りに明け暮れている。

藤兵衛は、釣り竿を手にして出かける吉五郎と何度か店先で顔を合わせたことがあり、その都度、

「いらっしゃいまし」

口元に笑みを浮かべた吉五郎は、丁寧に腰を屈めて挨拶するものの、決して無駄口は叩かず、さっさと出かけてしまう。

傍から見れば、

「女房に商売を任せて、気楽に毎日を送れる結構なご身分」

ということになるだろうが、人を見る目に長けた藤兵衛には、吉五郎の微笑みが、

「仮面に過ぎぬ」

ということを見抜いていたし、吉五郎の体からは藤兵衛の体に染み込んでいるのと同じ種類の匂いが発散されているような気がする。犯罪者には、同じ世界に生きた者にしかわからない独特の匂いというものがあるのだ。

（こいつも、人に言えない過去があるに違いなかろう……）

と、藤兵衛は察していた。

「浜木綿」はありふれた料理屋で、建物も古く、料理が格別にうまいわけでもない。

主人の吉五郎は留守がちだし、店を切り盛りしている女房も愛想のない女だ。女中たちも昔からいる年増ばかりで、女将に似たのか、皆、仏頂面をしている。それでも、そこそこに贔屓の客がついているのは、

「あの店は口が固い……」

という評判が定着していたからだ。

料金は高いが、客の秘密は絶対に守る。

だから、男女の密会に使われることも多いし、人に知られては困るような会合の席が設けられたりもするのだ。

不義密通が発覚すれば、死罪に処せられるという時代なのだ。密会も命懸けである。事が露見すれば、秘密を知りながら場所を提供した「浜木綿」もただではすまない。危険と背中合わせで商売しているからこそ、値段も高いというわけだ。

藤兵衛がお園を「浜木綿」に連れてきたのも、浜木綿の口の固さを見込んだからである。場合によっては、ここでお園の口を塞ぐことになるからだ。

「浜木綿」の二階で、藤兵衛はお園と向かい合って坐った。

やがて、酒と肴が運ばれてくる。

運んできたのは、女中のおせんだ。

藤兵衛が「浜木綿」に来ると、必ずおせんが世話をする。「浜木綿」では、馴染み客の給仕をする女中が明確に割り振られている。顔を合わせる相手は少ないに越したことがない、という配慮がなされているのである。この四十代半ばの大年増の女中は、当然、藤兵衛とも顔馴染みだが、少しも馴れ馴れしい様子がない。それどころか、愛想笑いひとつ見せることがない。

顔も上げずに盆を置くと、藤兵衛の投げた銀の小粒を素早く懐にしまい、

「ごゆっくり」

と、ひとこと言って、おせんは下がる。

これで、こちらから呼ぶまで、この部屋には誰も来ない。二階には他に客もいないのか、しんと静まり返っている。

「まあ、ひとつ、いきましょか」

藤兵衛が徳利を手にする。

お園は身じろぎもせず、

「その上方言葉(かみがたことば)もやめて下さいな。化かし合いのようなことはやめませんか？ 金平が知っていることは、わたしもみんな知ってるんですから」

「……」

「金平がお頭に拾われたときのことも聞いていますよ。親に捨てられて路頭に迷いそうになっていた金平を助けてやったんですよね。その話を聞いたときには、閻魔の藤兵衛などと鬼のように恐れられている盗賊の割には、案外と情け深いところもあるものだと感心しましたけどね。でも、よくよく聞くと、金平は小僧っ子の頃から一味の稼ぎの手伝いをさせられていたっていうじゃないですか。人を殺めたりはしなかったようですけど、子供であることを隠れ蓑(かくれみの)にして、押し込み先の様子を探るようなこと

をやらせたんでしょう？　十を過ぎると金平を寺子屋に通わせて、算盤と手習いをさせたってのも、後々、押し込み先に潜り込ませるためだったわけですよね？　一年前の常陸屋のように。今回の近江屋のように。さすがに閻魔の藤兵衛は、孤児に情けをかけるにしても先の先まで見通しているものですよねえ」

「……」

藤兵衛は、瞬きもせずにお園を睨みつけるが、やがて、

「ふふふっ……」

と笑うと、

「何でもお見通しってわけかい」

おもむろに姿勢を崩す。閻魔の藤兵衛が、呉服商人・東屋藤兵衛という仮面を脱ぎ捨てたのだ。

手酌で注いだ酒を、くいっと飲むと、

「何が望みなんだ？　金か？」

お園はうつむいていた顔を上げ、

「わたしを仲間にしてほしいんですよ」

「仲間だと？　何の仲間になるってんだよ？」

「閻魔のお頭の仲間にしてほしいといえば、盗賊の一味に加えてくれということでし

ようよ」

お園もふてぶてしい。少しも怖じた様子がない。

「わしが閻魔の藤兵衛と知った上で、話をしているんだな？」

「金平の知っていることは、みんな知っていると言ったでしょう」

「それなら、わしがどういう男かも金平から聞いているはずだな？」

藤兵衛の全身から殺気がみなぎる。ここでお園をくびり殺したとしても、百両も包めば、吉五郎ならば眉も動かさずに後始末をしてくれるという確信がある。

「おお、こわい、こわい」

お園は身を引く。

「妙な気を起こしちゃ困りますよ。閻魔の藤兵衛は、自分の得になる話をみすみす見逃すようなお人なんですか？」

「わしの得になる話だと。どういうことだ？」

「惚けちゃいけません。近江屋を襲うって話ですよ。そのために金平を近江屋に潜り込ませていたんでしょう？」

「だから何だというんだ？　金平があの様ではどうしようもあるめえよ」

「だから、わたしが役に立てるというんですよ」

「ふむ？」

それから半刻ばかりかけて、お園は近江屋の内情について、事細かに藤兵衛に説明した。

最初は半信半疑だった藤兵衛だが、途中から身を乗り出すようにしてお園の話に聞き入った。藤兵衛が知りたかったことが、お園の口からすらすらと出てくる。

「というわけですよ」

ふーっと大きく息を吐いて、お園は膝を崩す。

「何だか、喉が渇いちまいましたよ。わたしにも一杯下さいな」

「うむ」

藤兵衛はお園の猪口に酒を注ぐ。

(この女が金平からすべてを聞いているというのは嘘じゃないようだな。それにしても金平の奴、ぺらぺらと歌いまくりやがって。何て、口の軽い野郎だい……)

藤兵衛の顔が更に渋くなる。

「で、金平が描いたという近江屋の図面だが、そいつはどこにあるんだ?」

肝心(かんじん)なのは、それだ。

「ああ、おいしい」

お園は上唇を舌でなめると、

「仲間にしてくれると約束してくれないことには渡せませんよ」

と目を細めて藤兵衛を見る。

「何だって盗賊の仲間になんかなりたがるんだ？　捕まったが最後、市中（しちゅう）引き回しにされた上、獄門にされるんだぜ」

「そんなのは、間抜けなこそ泥たちのことですよ。現にお頭は、火付盗賊改に尻尾（しっぽ）もつかませてやしないじゃありませんか」

「……」

藤兵衛の頭はめまぐるしく回転する。

お園を仲間にすることの損得勘定をしたのである。新しい仲間を迎えるということには、常に危険がつきまとう。相手をよく知らないときには尚更だ。しかも、大きな仕事を控えているときである。仲間同士の結束が乱れる可能性もある。

しかし、近江屋の図面が手に入らなければ、押し込みはできない。そのためにはお園を仲間にしなくてはならない。

思慮の浅い勘助あたりならば、

「図面なんかなくったって、押し込んじまえば何とかなりますよ」

と言いそうだが、藤兵衛はそれほど愚かではない。

そんな無謀な真似をするつもりはない。

近江屋には何人の人間がいて、そのうち男と女は何人ずついるのか？

それらの人間たちは、夜はどこに寝ているのか？

最も大事なことは、金をどこに隠してあるのか、ということだ。

蔵に積んであるのならば、蔵の鍵(かぎ)はどこにあるのか？

あるいは、庭にでも埋めてあるのか？

知らなければならないことは限りなく多い。すべてを計算し尽くした上で押し込むのが藤兵衛のやり方なのだ。今まで、そういうやり方を固持してきたからこそ、お縄になることもなく、生き延びることができているのであろう。

やがて、藤兵衛は決断した。

「ふん、よかろう。仲間にするぜ」

「そんなこと言って、騙(だま)すんじゃないでしょうね？」

「わしも閻魔の藤兵衛だ。嘘は言わないよ」

と真顔で言った藤兵衛だが、内心は、

(図面さえ手に入れれば、この女には用はねえ……)

と決めていた。

「ほら、仲間になるしるしだ」

藤兵衛は自分の猪口をお園に渡す。

固(かた)めの杯(さかずき)というわけであろう。

お園は畏まって両手で猪口を受け、口に運ぶ。

お園が細い喉を震わせて酒を飲み干すのを見ながら、藤兵衛は、

(それにしてもいい女だ。味もみないで殺っちまうのは惜しい気がするぜ……)

と下半身がぞくぞくする。

お園は少し酔ったのか、ほんのりと頰が上気し、それがますます色っぽく見える。

「ところで、金平のことなんだが、あの野郎、どういうわけで、あんなことになっちまったんだい?」

「聞いてないんですか?」

「ふぐりに入痃をして、体中に毒が回ったとかいう話だが……。本当なのか?」

「本当ですよ。あの人はふぐりに入痃をしたんです。それから、体がおかしくなって、今ではあの様ですよ」

「どうにもよくわからぬ。あいつは昔から気の弱い方で、血を見ただけで顔から血の気が引くような奴だった。もっとも、利口なところもあるし、算盤勘定にも長けているから、荒っぽい方の稼ぎではなく、押し込み先の下調べをするという役割を振っていたのだが……。そんな金平がふぐりに針を刺すなど、とても信じられぬ。わしでさえ、そんなことを想像しただけで、吐き気がしてくる」

「負けん気が強すぎたんですよ。見栄っ張りでしたからねえ、あの人は。わたしを身

請けしたのもそうだし、ふぐりに入痣を彫ったのもね」

ふふふっとお園は笑う。

「どういうことだい？」

「わたしはね、女郎をしてたんですよ。そこにあの人が客としてやってきたのが、知り合った最初なんです。あの人ったら、すっかりのぼせちまいましてね。一生、苦労はさせないから、どうかおれに身請けさせてくれってきかないんですよ。これでも結構売れっ子だったもんで、身請けには二百両必要だったんです。油屋の手代風情がどうこうできるお金じゃないでしょう？　ところが、あの人はそれを都合してきた。変だとは思ったんですよ。だって、二百両もの大金を右から左に動かせる人が、何だって、あんなおんぼろ長屋で暮らしているんですか？　どういうわけだと訊いても、何も話してくれないんで、わたしは出ていくって言ったんです。こんな貧乏暮らしをするくらいなら、女郎をしてた方がましだって。あの人は、金はあるんだが事情があって、当分貧乏暮らしをしなけりゃならねえって言うんで、それはどんな事情だ、聞かせてくれろ、と頼んでも、それだけはどうしても言うわけにはいかねえんだと口をつぐむんですが、そうなると、今度はわたしの方が頭に血が上ってしまい、そんなことを何度も繰り返しているうちに……」

「金平が根負けして、何もかも全部しゃべっちまったというわけだな？」

「ええ、そういうわけです」

お園がうなずく。

「馬鹿な野郎だ……」

藤兵衛が不快そうに顔を顰める。

「だが、それとふぐりに入痣をするのに何の関係があるんだ？」

「それは、こういうわけですよ」

と言うや、お園は立て膝になり、いきなり着物の裾を払い上げる。

「お」

藤兵衛は思わず息を呑む。

お園の白い太股に大きな女郎蜘蛛が張り付いている。

いや、よく見ると、それは入痣だ。

毛むくじゃらの胴体に八本の足。

しかし、頭部は人間で、童形の美しい女の顔が微笑んでいる。口から鋭い牙を覗かせながら、真っ赤な舌をちろちろとお園の秘部に伸ばしているという絵柄だ。

それにしても見事な細工である。朱入り、金入りの細かい細工が施されている。藤兵衛も、これほどの入痣を見たのは初めてだ。

お園の太股にぴったりと張り付いた女郎蜘蛛は、まるで生きているかのように見える。お園の肌がそのまま蜘蛛の肌であり、お園が呼吸するたびに女郎蜘蛛が身をくねらせるのだ。

「あの人は、これに負けない入痣を彫ろうとしたんですよ」

「……」

藤兵衛は胸の鼓動が高まるのを感じる。

目の前にお園の秘部がさらされているのだ。

とても平静ではいられまい。

お園の呼吸も速くなっている。お園が息をするたびに秘部が微かに揺れ、女郎蜘蛛が蠢(うごめ)いて、藤兵衛を誘うようだ。

お園の秘部に今にも蜘蛛が飛びかかろうとしている。

が、飛びかかったのは女郎蜘蛛ではなく、藤兵衛であった。

十四

翌日、藤兵衛は小伝馬町に足を向けた。近江屋の前をさりげなく通り過ぎると、周囲を窺いながら小路に折れる。足早に空き地を横切ると、日本橋川に出た。

(急げば、あっという間だな……)

藤兵衛は土手の上で思案する。

仮に重い荷物を担いでいたとしても、近江屋から日本橋川に達するのには、さほどの手間はかからないようだ。

町中の商家に押し込む場合、常に問題になるのが逃走経路の確保ということなのだ。押し込みそのものは、それほど難しいことではない。金を奪ったあと、重い千両箱をいくつも運びながら追っ手から逃れることが、最も難しいのである。

町と町の境界には町木戸があって、夜になると閉められてしまう。夜更けに通行したいときには、潜り戸を抜けるが、町木戸には番太郎と呼ばれる木戸番がいて、不審な者に目を光らせている。不審者を発見すると、拍子木を打って次の木戸に知らせる仕組みになっている。木戸のそばには大抵、火の見櫓があるから、番太郎に半鐘(はんしょう)でも打ち鳴らされて騒ぎ立てられれば、もはや袋の鼠(ねずみ)といっていい。

（だが、舟を使えば……）

逃走に舟を使えば、町木戸に邪魔されることもないと考えながら、藤兵衛は川筋に沿って歩き出す。

（さて、金をどこに隠そうか……？）

千両箱の強奪に成功し、首尾良く追っ手をまいたとして、次に考えねばならないのは、そのことだ。

江戸は人が多い。千両箱を抱えて、うろうろしていれば嫌でも人目に付く。舟を使うにしても、追っ手の目を欺くことができるのは夜だけだが、夜だと、藤兵衛たちもあたりの様子がわからないから、あまり遠くまで逃げることはできない。明るくなれば、舟を捨てなくてはならない。

とすれば、一旦、金をどこかに隠し、ほとぼりが冷めた頃に、取りに戻るのが無難であろう。

日本橋川は、やがて外堀に合流する。外堀の周辺には、広壮な武家屋敷や寺社が建ち並び、人影はほとんど見られない。

足を止めて、ゆっくりと周囲を見回しながら、

(どうやら隠し場所には困らないようだな……)

藤兵衛は、一人で納得したようにふむふむとうなずく。きちんとした段取りさえしておけば、金を隠すまでは無難に仕遂げることができそうな気がしてきたのだ。

近いうちに、実際に舟に乗って確かめてみようと思いながら、再び歩き出す。

(別段、難しいことはなさそうだ。それなのに、何となくしっくりしねえのは、なぜだ……?)

どうにも藤兵衛は渋い顔だ。

ふっと溜息をつくと、目に付いた蕎麦屋に入る。

「蕎麦切り、ひとつくんな」

丸太の椅子に腰を下ろし、背負っていた荷物を足元に置く。蕎麦切りというのは、今でいう盛り蕎麦のことだ。食べ方も、現在と変わらない。

蕎麦を食い出すと、ようやく人心地ついた。

「酒、あるかね？」

小女に訊く。

「ありますよ」

「諸白だぞ」

藤兵衛は念を押す。

諸白酒というのは、今でいう清酒、澄んだ透明な酒のことだ。この当時は、まだまだ濁り酒が中心で、灘や伏見といった上方から船積みで送られてくる諸白酒は、庶民には手の届かない高級品だったのだ。

「諸白ってありますか？」

小女が厨房に声をかける。

むさ苦しい中年男が顔を出し、

（おまえが飲むのか？　生意気な野郎だ……）

という顔付きで藤兵衛をじろじろと眺め、

「高えよ」

と無愛想に言った。

「銚子で一本頼みます」

丁寧に頼む。人前では、どこまでも腰が低く、愛想のいい東屋藤兵衛なのだ。

やがて、銚子が運ばれてくる。

うまい酒とうまい料理が藤兵衛の趣味といっていい。

それと、いい女、だ。

だから、酒は諸白しか飲まない。

猪口で酒をなめると、

（うめえ……）

酒の旨さが体全体に染みわたるような気がする。

蕎麦を食いつつ、猪口を傾けると、藤兵衛の顔がほんのりと赤くなってくる。酒は好きだが、強いわけではない。程良く酩酊するのが好きなので、酒に飲まれるほど泥酔するのは性に合わない。

（妙なことが続きすぎる……）

酒が入ると、藤兵衛はかえって頭の中が冴えてくるらしい。

前回の稼ぎを江戸で行ったのがほぼ一年前、上方でほとぼりが冷めるのを待ち、

（そろそろよかろう……）

近江屋を襲うべく、藤兵衛は満を持して江戸にやって来た。

ところが……。

江戸では火付盗賊改が猛威を振るっているという。

よほど慎重にやらないと、危ない。

もっとも、そのことを藤兵衛がそれほど深刻に気にしているというわけではない。

現に一年前には、火付盗賊改を出し抜いてやったのだ。

（あんな連中につかまるような駆け出しじゃねえんだ……）

という自負が藤兵衛にはある。

気に食わないことは他にもある。

まず、六衛門だ。

普段、仲間同士では、決して連絡を取り合ってはならないというのが藤兵衛一味の掟だ。万が一、誰かがお縄になったとき、芋蔓式に捕まることを防ぐために、普段は接触しないように手下たちに命じてあるのだ。

ところが、六衛門は勘助を金平の長屋に行かせた。

本当ならば、金平から近江屋の間取りを知らせてくるはずが、何の連絡もないので勘助を走らせた、というのだ。藤兵衛の規範に照らせば、これは重大な掟破りだ。

盗賊の首領は、配下の生殺与奪の権を握っている。頭が、白と言えば白、黒と言えば黒なのだ。盗賊の手下というものは、頭に右を向けと命じられれば、理由など訊かずにいつまでも右を向いていなければならない。

自分で考えてはならないのだ。

考えるのは、頭に任せておけばいい。

手下が頭を使い出すのは、

（よくないことだ……）

と、藤兵衛は経験から学んだ。

六衛門はどうするべきだったのか？

もちろん、藤兵衛が到着するまで何もしないで待っていればよかったのだ。

（鱠の六衛門も、耄碌して焼きが回ったか……）

とうに五十を過ぎている六衛門は、藤兵衛の下で働くようになって二十年近くになる。藤兵衛のやり方を熟知しているはずであった。藤兵衛の掟に従わなかった者たちの末路を、六衛門ほどに知っている者はいない。

それなのに、なぜ……というわけである。

六衛門は、近所に使い走りでもさせるように簡単に勘助を橋本町の金平の裏店に走らせた。ひょっとして、六衛門自身、金平の裏店に何度も行ったことがあるからこそ、それほど気軽に勘助を走らせることもできたのではないのか……疑い出すと切りがない。

気に食わないことは、他にもある。

金平だ。

かれこれ一年も前から、金平は近江屋に潜り込んでいる。経理に明るいので近江屋でも重宝された。最近では仕入れや売掛金に関する重要な帳簿を付けることまで任されていたという。

金平は「もぐら」だ。

藤兵衛が狙いを定めた商家に、一年でも、二年でも、真面目に奉公し、その商家の内情を探ることが任務である。親のいない金平は、幼い頃から藤兵衛によって「もぐら」となるべく仕込まれたのだ。経理を学ばされたのは、帳簿付けのできる奉公人は、業を問わず、常に需要があったからである。

江戸時代の初め頃まで、奉公人といえば十年くらいの年季はざらで、小僧の頃から叩き上げで商売を仕込まれる、ということが多かったが、江戸という都市が繁栄し始めると、そんな悠長なことでは人手不足を解消できなくなってきた。

そこで口入れ屋という斡旋業者が、年季一年で奉公人の世話をすることが江戸では当たり前になってきた。

当時、江戸には三百九十も口入れ屋があったというから、奉公人というのは売り手市場だったわけである。特に引く手あまただったのが、経理に明るい奉公人である。人手不足だとはいっても、身元保証がしっかりしていない者は相手にされないし、渡りの奉公人はいくら真面目に勤めたところで出世の道も閉ざされている。

金平を近江屋に潜り込ませるに当たっては、藤兵衛も苦労している。

金平を奉公させるために、近江屋で算盤を預かっていた番頭を、岡場所からの帰り道、暗がりで追い剝ぎに襲われたように見せかけて密殺したくらいなのだ。人手が足りていては口入れ屋に奉公人の斡旋を頼むはずもないからだ。藤兵衛との繋がりを知られては元も子もないから、様々な手蔓を慎重に辿り、裏では随分と金も使って、ようやく金平を近江屋に押し込むことに成功した。

この一年というもの、こつこつと地道に職務を勤めたことで信用もでき、藤兵衛が知りたいことを調べることもできた。あとはその情報を藤兵衛が吟味し、手筈を整えて、近江屋に押し込むだけのことだった。

ところが……。

何を色狂いしたのか、金平は岡場所でお園にのぼせ上がり、大金を使ってお園を身請けした挙げ句、ふぐりに入痣を彫ろうとして重体に陥ってしまった。

信じられないような失態だ。

勘助の言う通り、本来ならば、

（金平は一年前に始末されているはずだった）

のである。

一年前、金平は大きなしくじりをしでかした。そのおかげで、藤兵衛一味は危うくお縄にされるところだった。捕縛（ほばく）を免（まぬが）れたのは、単に運が良かったというだけのことに過ぎない。

それほどの失態を犯したにもかかわらず、金平の首が繫がったのは、金平を近江屋に潜り込ませる手筈が整っていたからだった。荒っぽい盗賊仕事をするような悪党を見付けることは簡単だが、算盤と帳簿付けに長けた「もぐら」を見付けるのは容易なことではない。藤兵衛自身、金平を幼い頃から手元に置いて「もぐら」となるべく様々な教育を施した。金平の価値は大きい。実際、近江屋に押し込むためには、金平は欠くことのできない存在だった。金平の大きな失態に目を瞑ったのはそのせいだ。例外中の例外だったといっていい。

だが、二度目はない。

再び金平が掟を破るようなことをすれば、命はない。金平自身、そのことは承知していたはずだ。命拾いしたことに感謝し、与えられた役割を忠実に果たすのが当然だ、と藤兵衛は思っていた。

ところが……というわけである。

それだけでも、藤兵衛が激怒するに十分すぎる程だったが、そこにお園が介入してきた。金平が藤兵衛に渡すはずだった近江屋の情報をお園が握っており、自分も仲間にしろと藤兵衛を脅すようなことを口走っている。

（まったく気に食わねえことばかりだ……）

何より、藤兵衛が腹立たしく感じたのは、自分がそのお園と関係し、仲間にすると約束したことだった。

（あの蜘蛛のせいだ……あれを見ているうちにおかしくなっちまった……）

お園の太股に彫られた女郎蜘蛛の入痣が藤兵衛の心を惑わせ、冷静な判断力を奪ってしまったのだ。

藤兵衛は猪口の酒を飲み干す。ちょうど、銚子も空になったので、立ち上がって勘定を払う。

縄暖簾をくぐって往来に出ると、ちょっとの間、藤兵衛は思案したが、すぐに行き先を決めて歩き出した。亀右衛門のところに行ってみようと思ったのだ。

亀右衛門は、藤兵衛が昵懇にしている口入れ屋の主人である。

もちろん、裏の稼業を通じて親しくしているのだ。

歩きながら、藤兵衛は、

（これ以上、妙なことが続くようなら、近江屋からはすっぱり手を引こう）

と決心した。口の中には、まだ諸白酒の味が残っているが、それはひどく苦いような気がした。

十五

日本橋は、日本橋川によって北と南に分かれる。

川にはいくつも橋が架かっているが、藤兵衛は、江戸橋で南に渡る。日本橋川から枝分かれする堀に沿って、真っ直ぐ南に向かうと、やがて右手に青物町が見えてくる。青物町一丁目の角を右に曲がる。

名前の通り、青物屋が軒を連ねるこの町は、朝早くから日が暮れるまで活気に満ち溢れている。そのまま進むと、やがて青物市場にぶつかる。天秤棒を担いだ行商人たちがせわしなく往来しているのは、そのせいだろう。

青物町と青物市場の間に万町がある。

藤兵衛の目当ては万町である。かれこれ二年振りの訪問になる。

万町に行くには、江戸橋を渡るよりも、日本橋を渡る方が近いのだが、藤兵衛は青物町の賑やかさが好きなので、多少遠回りにはなるものの、万町に足を運ぶときには大抵江戸橋を渡って、青物町を抜けてくる。

青物町と万町は、徳川氏が江戸に入府するときに、小田原の商人たちを移動させてできた町で、青物町には青物を商う商人たちが集まった。万町は、名前の如く、万の物を商う雑多な商人たちが群れた町である。茶の問屋の隣に、傘屋があり、その隣には線香の問屋があるという具合で、まったく統一性がないのがこの町の特徴だ。

口入れ屋「万年堂」は、乾物屋と醬油問屋の間にある。

表店ではあるものの、間口も狭く、店構えもみすぼらしい。あまり流行っているようには見えない。店先には、風雨にさらされて、文字も読めなくなっている「万年堂」というまな板くらいの大きさの看板がぶら下げられている。

「ごめんなさいまし」

声をかけて、藤兵衛は中に入る。

誰もいない。

活気のある口入れ屋というのは、店先に寄子が集まっているものだ。寄子というのは、口入れ屋に頼んで就職先を探している者のことである。

寄子は、店先に集まって、持ち寄った情報を交換したり、雑談に興じたりする。

この頃は、奉公といっても、年季は半年とか一年とかいう渡り奉公が多くなっているので、

「あの屋敷はやめた方がいい」

とか、

「あそこは給金はまあまあだが、奥方が口うるさくて、こき使われる」

などと情報交換して、少しでも割のいい、楽な就職先を探す。気の利いた口入れ屋ならば、寄子たちに茶の一杯もふるまい、莨盆くらいは用意してあるものだ。

ところが、万年堂は、そういう風景とは無縁のようだ。寄子はおろか、店の人間の姿もない。

（ひでえなあ、店終いしちまったのか……？）

藤兵衛は呆れたが、念のためにもう一度、今度はもう少し大きな声で、

「ごめんなさいまし」

と呼んでみる。

すると、

「はい」

と奥の方から不機嫌そうな返事が返ってきた。

やがて、顔を現したのは、仏頂面をした中年女だ。

店主の女房、お鶴である。

お鶴は、藤兵衛を見ても、にこりともせず、

「何ですか？」

と訊く。

（馬鹿な女だ……）

藤兵衛は呆れる。

口入れ屋の看板をぶら下げているくせに、店を訪ねてきた者に、「何ですか？」と訊く馬鹿はいないだろう。

客あしらいの初歩すら身についていないお鶴の対応に腹が立ち、

（こんな女を奉公に出したら、三日も持たずに放り出されちまうだろう……）

と思う。しかし、そんな感情を顔に出すような藤兵衛ではない。

表面はあくまでもにこやかに、

「以前、お世話になった東屋と申しますが、ご主人はいらっしゃいますやろか？」

と訊いた。

「留守です」

お鶴はそっけない。

「いつ頃、お戻りになりますか？」

「わかりません」

まったく取り付く島がない。しかも、何かいらいらすることでもあるのか、体を小さく揺すりながら、眉間に小皺を寄せている。これが藤兵衛でなく、口入れの斡旋を依頼に来た客だったならば、腹を立ててとっくに帰っているに違いない。

（鬱陶しい女だ……）

藤兵衛は、背中から荷を下ろし、

（こんな女にはもったいねえが……）

と思いつつ、最高級の反物を取り出す。

「店先で失礼ですが、これはおかみさんに」

「え？」

お鶴の表情が変わる。

反物を手に取りつつ、

「これ、くれるっての？　わたしに？」

と目を丸くした。

「へえ、どうぞ」

「まあ……」

お鶴は呆然として、

「まあ、まあ……」

言葉が続かない。

「ご主人にもご挨拶して帰りたいんですが、待たせてもらって構いませんか?」

「ええ、どうぞ、どうぞ」

現金なもので、途端にお鶴の愛想がよくなる。


藤兵衛が店先で待ったのは、半刻くらいのものだろう。

反物を渡してから、突然、藤兵衛の待遇はよくなり、座布団が用意され、莨盆に茶、菓子まで出された。もっとも、菓子には手をつけていない。安物は藤兵衛の口に合わないのだ。茶も一口飲んでやめた。

藤兵衛は莨を喫みながら、所在なく往来を眺めている。

お鶴は、茶菓子と莨盆を藤兵衛の前に置いて奥に引っ込んだ切り、顔を見せない。

(あんな女でも、きれいななりをしたいのか……)

奥の間で、反物を胸に当てて鏡にでも見とれているのかと思うと、藤兵衛は苦笑した。お鶴が奥に引っ込んでいるのは、ありがたいことだ。あんな愛想のない、つまらない女に横に坐りこまれたら、藤兵衛も持て余して閉口したことであろう。

やがて、店主の亀右衛門が帰って来た。

亀右衛門は、店に入って、藤兵衛を見ると、一瞬、

「お」

と小さく声を出したが、二年振りに会った割にはさして驚いた様子でもない。藤兵衛が訪ねて来るのを予期していたかのようだ。藤兵衛には気に入らないことだ。

「待ちましたか？」

「ああ」

藤兵衛は灰を土間に落としながら、うなずく。

「あれが用意したんですか？」

亀右衛門は茶菓子と莨盆を驚いたように見つめる。

「代わりに絹の反物を取られちまったよ」

「ちっ！」

亀右衛門は舌打ちして、

「馬鹿が……。何の役にも立ちやしねえ」

と、お鶴を罵る。

「どうしなさるね？　ここでいいんですかい、それとも……」

「出よう」

藤兵衛は立ち上がる。

「へえ」

亀右衛門はうなずくと、そのまま外に出ようとする。

「おい、いいのか?」

藤兵衛が奥を顎でしゃくる。

「ああ、放っておきゃあいいんですよ」

亀右衛門は投げ遣りに答える。

往来に出ると、

(さて、どこで話そうか……)

藤兵衛は思案する。

亀右衛門と話す内容は、人に聞かれては困るような類のものだ。

(「浜木綿」がいいのだが……)

と思うものの、日本橋南から両国まで歩いていくというのは、いかにも遠い。それに二人が連れ立って歩く姿など、あまり人前にさらしたくない。

(さて……?)

藤兵衛が問うような眼差しを亀右衛門に向けると、亀右衛門は、わかったという風にうなずき、先になって、てくてくと歩き出す。

藤兵衛は少し離れて、亀右衛門の後に従う。日本橋を渡り、右に曲がる。そのまま日本橋川に沿って進み、長浜町と安針町の間の通りで左に曲がる。やがて、小路を折れて、表通りから裏通りに入る。

（どこに連れていく気なんだ……？）

訝しみながらも、藤兵衛は亀右衛門についていくしかない。亀右衛門は振り返りもせず、五十過ぎにしては元気な足取りで歩いていく。どこに行くのか藤兵衛にはわからないが、この道が亀右衛門にとって歩き慣れた道であることは確かなよう。

しばらくすると、小綺麗な家の前で足を止める。藤兵衛を振り返った亀右衛門の、口元に笑みが浮かぶのを必死に堪えているような妙に強張（こわば）った表情を見て、

（ああ、こいつも女か……）

藤兵衛は心の中で溜息をつく。

「ちょいと、ここで待っていて下さいよ」

亀右衛門は、戸をがらりと引くと、

「おい、わたしだ」

と声をかけながら、中に入っていく。

藤兵衛は背中の荷物を下ろし、道端にしゃがみこむと、手拭いを取り出して顔を拭く。別に汗をかいているわけではなく、疲れを感じたわけでもない。近所の者や通りすがりの者に顔を見られたくなかったので、汗を拭く振りをして、さりげなく顔を隠したのだ。

下駄を踏み鳴らす音が聞こえたかと思うと、玄関から若い女が出てくる。ほっそり

とした姿のいい女で、瓜実顔に細い目と薄い唇がのっている。唇に引かれた紅が妙に色気を感じさせる女だ。

その女は道端にしゃがんでいる藤兵衛の方をちらりと見るが、すぐに背を向けて歩いていった。手拭いで隠していたので、顔を見られはしなかったが、藤兵衛は女の顔をしっかりと脳裏に焼き付けた。

(妾かい……。亀右衛門も大層な身分になったもんだよ……)

藤兵衛には、お鶴の仏頂面の原因がようやくわかったような気がした。

亀右衛門が玄関から顔だけ覗かせて、

「入って下さいよ」

と、藤兵衛を呼ぶ。

藤兵衛は荷物を持ち上げると、女が歩いていった方に顔を向ける。小路の突き当たりで女は立ち止まって、藤兵衛を見ている。目が合うと、女は軽く会釈をして、小路を曲がっていく。

(ちっ!)

藤兵衛は腹の中で舌打ちする。うっかりと女に顔を見られたことに腹が立ったのだ。気に入らないことばかり続いて不愉快だった。

藤兵衛は三和土に足を踏み入れると、

「何て名だ？」

と立ったままで亀右衛門に訊く。

「へえ、お奈津といいますので」

亀右衛門は目尻を下げて答える。

「いくらだ？」

「え？」

「いくらで身請けしたんだよ？　どうせ、素人ではあるまい」

「へへへっ、お頭にはかなわねえや。百と五十両で……」

「自分の年齢を考えな」

「すみません」

亀右衛門は鼻の下を伸ばして、照れ臭そうに禿げ上がった頭をかく。

「妾を持つのも結構だが、古女房を粗末にするようなことをするなってんだよ」

「お鶴のことなら心配は……」

亀右衛門が言い訳しようとするのを藤兵衛は手を振ってうるさそうに遮り、

「新しい女にのめりこんで、長く連れ添った女を邪険にするなんてのは小僧っ子のすることった。大事にしねえと、しっぺ返しを食うことになるぜ」

と怒鳴るように言う。

「……」

藤兵衛の語気の激しさに圧倒された亀右衛門は、言葉を呑み込む。

「おまえのことだけじゃねえんだぞ。おまえがお縄になったりすりゃあ、こっちもただではすまねえ。わかってるのか？」

「へえ」

亀右衛門は神妙にうなだれる。

「今夜、お鶴と寝ろ」

「え？」

亀右衛門は驚いたように顔を上げる。藤兵衛の言葉の意味がわからなかった。

「抱いてやれってんだよ」

「お頭、勘弁してくだせえよ。わしももう五十過ぎだし、お鶴も四十を過ぎた婆さんですぜ。今更、お鶴と寝るなんて、そんな馬鹿馬鹿しい……」

亀右衛門は藤兵衛がふざけているのかと思って、笑ってごまかそうとする。

だが、藤兵衛は大真面目だ。

顔は少しも笑っていない。

亀右衛門の顔から笑いが消える。

藤兵衛は、亀右衛門に顔を近付けると、

「殺すぞ」

と言う。

ふざけている声ではない。

亀右衛門にも藤兵衛が本気だということがわかったのであろう。顔色が変わり、見る見る血の気が引いて、顔が青ざめてくる。

「女ってのは怖いんだぜ。年齢(とし)なんざ関係ねえ。亭主が若い女にうつつを抜かして、自分が邪険にされてると思えば、何をするかわからねえ。畏(おそ)れながら……とお鶴が御(ご)番所(ばんしょ)に訴え出てもいいのか」

「まさか、そんな……」

亀右衛門の声は弱々しい。

「今夜から三日続けてお鶴と寝ろ。お鶴が嫌だと言っても、抱け。そして、気の利いた料理屋にうまいものを食わせに行って、帰りに櫛(くし)でも着物でも好きなものを好きなだけ買ってやれ。いいか？」

「へえ」

亀右衛門はうなずく。

「わしが、なぜ閻魔の藤兵衛と呼ばれているか、よくわかっているはずだな？　今度店に行ったときに、お鶴があんな仏頂面をしてやがったら、おまえを殺す。お奈津も殺す。お鶴も殺す。在所にいるおまえの身内も皆殺しにする。いいか？」

「へえ……」

亀右衛門は藤兵衛の言葉を少しも疑っていない。やるといったら、必ずやる男なのだ。藤兵衛を甘く見たために、長生きできなかった仲間を何人も知っている。

「よし。上がれ。おまえが金を出して妾に用意してやった家だろうが？　何を遠慮してやがる。変な野郎だぜ」

ふふふっと藤兵衛が笑う。


藤兵衛が盗賊団の頭の地位になったのは、まだ二十歳にもならない頃だというから、かれこれ二十年近くも前のことになる。手下の面子は随分と入れ替わったが、亀右衛門と六衛門の二人は、藤兵衛一味の生え抜きといっていい存在だ。この二人は、藤兵衛が頭になってからも、ずっと生き延びている。

亀右衛門は、藤兵衛の指示で表の世界に戻り、口入れ屋の主におさまった。

藤兵衛の眼力は、

（こいつは人殺しのできる玉じゃない……）

と、亀右衛門の心の弱さを見抜き、亀右衛門にふさわしい場所を見付けてやったのだ。もっとも、それは亀右衛門のためを思ってなどという甘い話ではない。亀右衛門

ことであり、もしも、

を表の世界に戻すことが、藤兵衛にとって、より大きな利用価値があると判断しての

（こいつは役立たずだ……）

と判断していたならば、とっくの昔に三途の川を渡っていたことであろう。藤兵衛は、能無しには容赦しない。

金平が「もぐら」役を任されているのも同じ理由だ。裏の世界に生きて、平気で人殺しをするような連中はいくらでも見付けることができるが、そういうはみ出しものがいくら集まったところで、大きな稼ぎをすることはできない。表の世界と繋がりを持つことで、人から疑われることなく様々な有益な情報を入手し、それによって初めて大きな計画を立てることができるからだ。

藤兵衛は、押し込みが成功するかどうかということは、事前の準備次第だと思っている。すべてが計画通りに進み、事前の準備と根回しが思い通りに整ってしまえば、押し込みそのものは、多少の齟齬を生じたとしても、何とか乗り切ってしまえるものだ、と経験的に悟っているのだ。

一年前の常陸屋の押し込みがそうだった、と藤兵衛は思う。

押し込みの直前、情報が洩れている、と警告してくれた者がいた。伊勢町の米問屋が狙われているらしい、という噂が賭場で囁かれているというのだ。

しかも、その噂が町奉行所と火付盗賊改の手先の耳にも聞こえているという。

賭場で流れた噂と聞いて、

(勘助か……)

とピンときたが、常陸屋への押し込みを中止しようとは考えなかった。

事前の準備が、藤兵衛が十分に満足できるくらいに整っていたからだ。

藤兵衛は、

(うまくいく……)

と確信して、計画を実行した。思惑通り、押し込みは成功し、町奉行所と火付盗賊改に地団駄(じだんだ)を踏ませることができた。

あれから一年、藤兵衛は近江屋に狙いを定めている。

今度も、準備に抜かりはないはずだった。

ところが気に食わないことが続く。

(いっそ、やめちまうか……?)

藤兵衛は迷っていた。亀右衛門が語ったことは、藤兵衛の気持ちをいっそう消極的にさせるようなことだった。

「近江屋が奉公人を探している」

というのだ。

それも、経理に明るい者を、という条件付きだという。

「どういうことだ？」

藤兵衛は訊いた。

「うちに持ち込まれた話じゃないんで、詳しいことはまだわからないんですが、つまりは金平の代わりってことじゃありませんかね？」

「金平はお払い箱ってわけか？」

「死にかけてるって話じゃありませんか。渡り奉公人なんぞ、いくらでも取り替えが利きますから」

「そんなことまで耳に入ってるのか？」

「そんなことって、何がです？」

亀右衛門は問い返した。

「金平が死にかけてるって話だよ」

「ふぐりに刺青を彫ろうとして、体に毒が回ったって話なら、とっくに聞こえてましたよ。近江屋の番頭が裏店に様子を見に行って、一緒に暮らしている女から事情を聞いてきたようです。口入れ屋にまで、面白おかしく話すくらいだから、近江屋に出入りする者なら誰でも知ってるんでしょうよ」

「そうか……」

「本当なんですか？」

「何が？」

「金平のことですよ」

「ああ、くたばる寸前だな」

藤兵衛は苦い顔をする。

「どうするんですか？　近江屋は？」

亀右衛門は身を乗り出すようにして訊く。

これは、亀右衛門にとっても大いに関係のある話だった。亀右衛門は、押し込みには直接関わらないものの、事前の準備にはいろいろと手を貸している。金平を近江屋に潜入させることができたのは、亀右衛門の手柄といっていいのだ。

それだけではない。

この時代は、引っ越しひとつとっても、なかなか容易なことではない。身元保証人も必要だし、家主との関わりも面倒だ。しっかりとした後見のない者は、江戸ではまったく相手にされないのである。

金平の身元保証を引き受けているのは、亀右衛門なのだ。金平が不始末をしでかしたり、犯罪に関わったりすれば、身元保証人である亀右衛門も連座することになる。それを考えれば、亀右衛門の果たしている役割は、金平と同じか、それ以上に重要だと言ってもいいくらいなのだ。藤兵衛も亀右衛門の役割の重要性を十分に認めているからこそ、他の手下たちと同じだけの分け前を亀右衛門にも与えている。

　もっとも、亀右衛門の存在を藤兵衛は他の手下たちには教えていない。知っているのは金平だけだ。身元を保証されている以上、金平に隠しておくわけにはいかなかったのだ。ただ、固く口止めしてある。

　一年前、常陸屋を襲ったとき、藤兵衛一味が手に入れたのは、およそ四千両である。手下たちの取り分は、稼ぎの五割と決まっている。残りを藤兵衛が取る。従って、二千両を、六衛門、勘助、角右衛門、松蔵、金平の五人で分けたのだ。一人当たり四百両ということになる。

　亀右衛門の取り分である四百両は、藤兵衛の取り分から出された。閑古鳥が鳴いているような口入れ屋の主である亀右衛門が、若い妾を囲って鼻の下を伸ばしていられるのは、この分け前のおかげなのである。

　近江屋に押し込むかどうかということが、亀右衛門にとって大いに関係があるというのは、そういうわけだった。

「やっちまったら、いいじゃないですか」

　藤兵衛が返事をしないので、亀右衛門が言う。

　期待していた分け前が手に入らなくなるのは、亀右衛門にとっても辛いのだ。

「金平が近江屋にもぐりこんで、かれこれ一年だ。こっちの知りたいことは、あらかた調べ上げてあるんじゃないですかね?」

「……」

藤兵衛は亀右衛門をじろりと睨むと、黙って立ち上がる。

亀右衛門は、藤兵衛の形相に恐れをなして口をつぐむ。

「また連絡する。それとなく近江屋の動きに注意していろ。但し、目立つような動きはするな。自然に耳に入ってきたことを忘れないようにするだけでいい」

「わかりました」

亀右衛門はうなずく。

「それから……」

藤兵衛は亀右衛門を見下ろす。

「わしが言ったことを忘れるなよ。今晩からお鶴を抱け」

「へえ……」

亀右衛門は泣きそうな顔でうなずく。

荷物を背負って、玄関から出ていくと、植え込みの陰に女がしゃがんでいた。背中を向けているものの、それがお奈津であることはすぐにわかった。何かの鼻歌を口ずさみながら、お奈津は地面に小石を並べている。

藤兵衛は立ち止まる。

咄嗟のことで顔を隠すこともできない。

お奈津が振り向く。

「あ……」

お奈津は口をぽかんと開けて、瞬きもせずに藤兵衛を見つめる。まだ子供っぽい顔をしている。二十歳前だろう、と藤兵衛は見当をつける。じっと見返すと、お奈津は恥ずかしそうに睫(まつげ)を伏せて、小さく頭を下げる。

藤兵衛は、足早にお奈津の横を通り過ぎる。

(亀右衛門には、もったいねえな……)

背後から見たお奈津のうなじが藤兵衛の欲望にめらめらと火をつける。

(お園を抱きてえ……)

お園の太股でうごめく女郎蜘蛛が藤兵衛を誘うようであった。

第二部　火付盗賊改

一

火付盗賊改の頭・中山伊織は、番町にある組屋敷に戻ると、奥の書院にごろりと横になる。三千石の大旗本ではあるが、行儀はよい方ではない。

肘枕をして莨を喫みながら、ぼんやりと庭を眺めていると、

「旦那さま」

と声をかけられる。

「ん？」

顔を上げると、妻のりんが廊下に手をついている。

「大久保殿がいらっしゃいました」

「ああ、半四郎が来たか。すぐに通してくれ」

伊織は起きあがると、大きく伸びをする。

しばらくすると、廊下に足音が響き、

「失礼します」

と、半四郎の声がした。

「おお、来たか。堅苦しいのは抜きだ。入れ」

「はい」

大久保源内半四郎は伊織の配下の同心で、伊織の信任が篤い。伊織の右腕といっていい存在である。

しかし、さすがに礼儀はわきまえている。

「楽にしろ」

と、伊織に言われても、姿勢を崩そうとしない。

一方の伊織は行儀の悪い男だから、さすがに人前で寝転がるようなことはしないものの、足を投げ出して壁に寄りかかっている。

「塩梅はどうだ?」

一日に最低一度、半四郎からその日の報告を聞くのが伊織の日課になっている。

「しぶといのが何人かおりまして、なかなか口を割らず手こずっております」

「責めたのか?」

「水で責めておりますが、なかなか……」

「ふうむ」

伊織は感心したようにうなずく。

水責めの拷問に耐えるのは、よほど根性があるといってよかろう。天井から逆さ吊りにされて、頭を水桶に突っ込まれるという拷問だ。根性のない者は、二、三度水桶に頭を突っ込まれただけで音を上げてしまう。しぶとい者は、一分間も水の中に頭を入れたままにしておくという。その苦しさは言語に絶する。時に水死者が出るほど厳しい責めなのだ。

「また、気負い組の奴らか?」

「そのようです」

半四郎がうなずく。

伊織は火付盗賊改方の長官を勤めているが、実の所、江戸に火付けや盗賊が頻発しているというわけではない。にもかかわらず、連日、忙しい思いをしているのは、「気負い組」と言われる乱暴者たちが治安を悪化させているからだ。

不逞の輩が治安を乱すのは、今に始まったことではない。江戸に幕府が置かれた当初から、社会のあぶれ者たちは為政者を悩ませてきた。

戦国の世が終わりを告げ、太平の世が到来することによって、武辺だけで生きてきた者たちが大量に職を失うことになったからだ。上は大名から、下は日雇い稼業の者に至るまで、その不満の種類は様々だったが、太平の世に順応できないという点では共通していた。

彼らは、その時代によって、「奴」とか「かぶき者」とかいろいろな呼ばれ方をした。呼び方は違っていても、社会に不満を抱いたり、社会に順応できないという点では同じ種類の不良たちであり、人目を驚かすような異様な服装や髪形をして、鬱憤を晴らすように暴れ回った。不良というには物騒すぎる連中で、徒党を組んで喧嘩や辻斬りをして、一般市民に迷惑をかけることが甚だしい。

気負い組は、別名「塗下駄組」とも呼ばれる。この集団を構成しているのは、土方や日雇い、鳶の者など、社会の最下層で生きる者たちだ。定職を持たない者も多く、博徒や泥棒も混じっている。

気負い組は、何かというと喧嘩をする。高尚な理想があるわけではなく、大勢で暴れ回って、好き勝手なことをするヤクザ組織なので、仲間内では腕っ節の強さがものをいう。喧嘩が強いと、兄貴分として、いい顔になれる。

捕まって、牢屋に入ると箔が付いて、

「あいつは大したもんだ」

と感心される。仲間内では、喧嘩が強く、何度も牢屋に入った者が威張ることになる。伊織の仕事の大半は、こういう無法者たちを厳しく取り締まることだ。

「何をやったんだ？」

　伊織が訊く。

「三尺はあろうかという刀を振り回して、往来で立ち回りを演じました」

「そいつは派手だな。原因は？」

「何でも兄弟契約をしていた小姓に他の者が色目を遣（つか）ったとかで……」

「何だ、衆道（しゅどう）か」

　男同士で美童（びどう）を争ったのが喧嘩の原因と聞いて、伊織は顔を顰（しか）める。男色には興味がない。

「そんな奴らが、よく頑張るもんだな」

「互いに相手が先に口を割るのを待っているようでして」

「どういうわけだ？」

「その小姓に義理立てしているらしく、自分の口からは仲間の名前を口にするまいと覚悟しているようなのです」

「馬鹿な奴らだ」

　伊織が吐き捨てる。

「お上（かみ）をなめやがって……。稚児（ちご）に義理立てして、取り調べをなめてやがるんだな。

反吐が出るぜ。そいつら、海老にかけろ」

「え？」

半四郎が驚いたような声を発する。

「海老にですか？」

「遠慮するな。ご公儀を甘く見ると、どんな目に遭うか思い知らせてやるがいい」

「はい」

半四郎がうなずく。伊織が、やれ、ということを拒むことはできない。

「それにしても、よく捕まえた。逃げ足の速い奴らだからな。誰の手柄だ？」

「それが、小娘なので」

「小娘？　どういうことだ？」

「二人が長太刀を振り回して立ち回りを演じているときに、たまたま親子連れが通りかかりまして、運悪く父親が巻き添えを食ってしまったのです。それを怒った娘が、逃げようとする大男にしがみついたというわけでして」

「何だと？」

伊織が目を丸くする。

「そりゃあ、本当の話か？」

「はい」

半四郎がうなずくと、伊織はぷっと吹き出し、腹を抱えて笑う。

「頼もしい娘だな」

「まったくです」

「父親は無事だったのか？」

「あまりよくないようです」

「ふうん、ついてねえことだな……」

伊織は何事か思案する様子だ。

二

五百石以上の旗本ともなれば、小姓を持っているのが普通だ。それが千石ともなれば、中には小姓を七人も八人も抱えている旗本もいる。外出するときには、小姓や草履取りに供をさせるわけだ。石高が多くなれば、供の数が増える。

三千石の大旗本で、御先手組の頭、加役として火付盗賊改の頭を兼務するほどの中山伊織ならば、外出するときには、さぞ仰々しい行列でも組むのかと思いきや、実際には脇差を一本差しただけの気楽な着流し姿で、しかも、大抵は供も連れずに出かける。気が向くと、番町の組屋敷から小伝馬町の牢屋敷まで歩いていく。

着流しで、徒歩で外出するときは、まさに、

「気まぐれ」

に過ぎないから、場合によっては途中で引き返してくることもあるし、行き先が変わることもある。寄り道することも多い。腹が減ると、蕎麦(そば)を食ったり、銚子を傾けたりもするし、神田川沿いの草むらで昼寝もする。吝気(りんき)そうにぶらぶらと歩きながら、時折、大欠伸(おおあくび)をしているようなこの男が、まさか、泣く子も黙る火付盗賊改の頭だとは誰も思うまい。

妻のりんなどは、

「そんなことをなさって、よろしいのですか？」

と、それとなく伊織の行動をたしなめることもある。もっと重々しく、どっしりと構えていた方が火付盗賊改の頭にふさわしい態度なのではないか、というわけだ。

しかし、伊織は、

「なあに、口やかましい者がいない方が、みんな伸び伸びと働けるんだよ」

と笑って相手にしない。

伊織にしてみれば、いちいち行動の意味を説明はしないものの、

（世の中ってものを肌で知るには、自分の足で歩き回るのが一番なんだよ）

という信念があるのだ。

江戸に暮らす民が、何に悩み、何を憂え、何に苦しめられているのかを知るには、彼らと同じ目線から世の中を眺めるのが最もわかりやすい、と伊織は考えている。

そういう持論があっての、ぶらぶら歩きなのだ。

もっとも、このぶらぶら歩きを楽しんでいないといっては嘘になる。煩雑な業務をこなす合間に、一人きりで気儘に歩き回るのは、伊織の格好の息抜きになっていることも確かなのであった。

ふと、伊織は、

(あの娘、蠟燭町の百目長屋に住んでいると半四郎が言っていたような……)

と思い出した。

あの娘というのは、傷付けられた父親の敵討ちだとばかりに、二人の無法者に飛びかかっていったという娘のことだ。

(父親は飴細工売りの市郎兵衛、娘は由利とかいったな……)

由利が武勇を振るったおかげで、二人の気負い組をお縄にすることができた。大手柄だ。

半四郎からその話の顚末を聞かされた伊織は、

「まったく痛快だ！」

と腹を抱えて、大笑いしたのだ。

不意にそのことを思い出したのは、ちょうど蠟燭町の近くを伊織が通りかかったからだ。蠟燭町は、番町から小伝馬町に向かう道筋にあり、蠟燭町から小伝馬町までは、堀に沿って行けば、ほんの数町という距離なのである。

好奇心の強い伊織は、

（その娘の顔を見てみたいな……）

と思い立ち、一旦、そう思い込むと居ても立ってもいられなくなった。小伝馬町までもうすぐだというところで、行き先を蠟燭町に変えた。

たまたま前方から、天秤棒（てんびんぼう）を肩にのせ、棒の前後に四角い箱をくっつけた饅頭売（まんじゅう）りが歩いてきたので、

「おう、ひとつくんな」

と、伊織は声をかける。

「へい」

饅頭売りは箱を地面に下ろして、箱の中から饅頭を取り出す。

「十二文で」

「饅頭一個が十二文とは随分高（たけ）えな」

伊織が苦情を言うと、饅頭売りはむっとした顔になって、

「わしの饅頭には、並の饅頭三つ分のアンコが入ってます」

と饅頭をふたつに割った。

見ると、確かにアンコが一杯に詰まっている。

伊織は苦笑しつつ、

「すまぬ。もらうよ」

銭を渡して、饅頭を受け取る。ふっくらとした饅頭を受け取ると、生唾がこみ上げてきて、いきなり一口かぶりつく。

「おう、本当にうまいや」

「ありがとうございます」

饅頭売りが頰を緩める。

(こんな饅頭売りでさえ、自分の仕事に誇りを持っている……)

ということが伊織には嬉しかった。

こういう真っ当な人間たちが、犯罪の影に怯えずに商売できるようにするのが伊織の仕事なのだ。

「ちょっと聞きたいのだが、このあたりに百目長屋ってのがあるかい?」

「ああ、すぐそこですよ」

饅頭売りは、自分が今来た道を振り返って、ここを真っ直ぐに行って、突き当たりを右に曲がって……という風に丁寧に道を教えてくれた。

「ありがとうよ」

伊織は礼を言うと、

「饅頭、あとふたつくんな」

「え、旦那が食いなさるので？」

饅頭売りが驚いたように訊く。伊織を、よほどの食いしん坊だと思ったようだ。

「土産(みやげ)だ」

「ありがとうございます」

饅頭売りは、饅頭を竹の葉に包んで伊織に渡す。

代金を払うと、伊織は包みを懐(ふところ)に入れ、百目長屋に向かう。

三

百目長屋といっても、どこの町にも見られる棟割(むねわ)り長屋に過ぎない。

この町が蠟燭町と呼ばれるようになったのは、古くからこのあたりに蠟燭業者が多く居住していたためである。恐らく、この長屋には蠟燭職人が集まって住んでいたために百目長屋などと呼ばれるようになったものであろう。

木戸を潜ると、ありふれた光景が目に入る。

井戸端でおかみさん連中が洗濯をしたり、洗い物をしながら無駄話に夢中になっている。路地の奥では子供たちが走り回り、年かさの娘が赤ん坊を背負って子守をしている。

「市郎兵衛さんの店はどこだね?」

伊織は、洗濯をしている中年女に訊く。

伊織としては気軽な身なりをしているつもりでも、粋な着流しに、拵えの立派な脇差を差している様子を見れば、

(こんな所には似つかわしくない人だ……)

と悟るのか、中年女は慌てた様子で立ち上がると、

「あそこです」

と指差す。

「ありがとよ」

伊織は市郎兵衛の店に向かう。

「ごめんよ」

声をかけて、戸を引く。

「へい……」

中から声がする。

伊織は土間に入る。

土間の向こうに六畳程の部屋がある。六畳間を屏風で仕切ってあり、その屏風の向こうから、顔色の悪い男が顔を出す。

「あんたが市郎兵衛さんかい？」

「へえ」

市郎兵衛がうなずく。

「坐っていいかね？」

一応、礼儀として訊いたものの、市郎兵衛が返事をする前に伊織は板敷きに腰を下ろしている。

市郎兵衛は伊織の訪問に困惑している様子だが、自分から、

「どなたさまなので？」

と訊くことをためらっている。

気の弱い男なのであろう。長年、人の顔色を窺うような暮らしを強いられてきたために、自然とそうなってしまったのかもしれない。

突然、戸が勢いよく引かれると、

「やい！　何しに来やがった。ふざけた真似をすると、ただではすまねえぞ！」

威勢のいい啖呵を切りながら、少女が飛び込んで来る。頭に手拭いを巻き、手に竹

箒(ぼうき)を持っている。路地の奥で赤ん坊をあやしていた少女である。

　威嚇(いかく)するように竹箒を伊織の方に向けながら、

「あいつらが捕まったのは、往来で悪さをしていたからじゃないか。自分たちが悪いくせに、逆恨みするなんて女々(めめ)しいぞ！」

　と大きな声を発する。

「おまえが由利という娘か？」

「だから、どうした？」

　由利は、精一杯突っ張っている。どうやら伊織を気負い組の仲間だと勘違いしているようだ。

「いや……」

　はははっと伊織が笑う。

「聞いた通り元気な娘だ。これなら、気負い組の暴れ者を捕まえたというのもうなずける話だ」

「何なんだよ、おまえは。あいつらの仲間じゃないのか？」

「気負い組の仲間がここに来たのか？」

「おまえは、あいつらと違うのか？」

「ああ、生憎(あいにく)と連中を捕まえる方でな」

「捕まえる方だって……？」

由利は疑わしそうな顔で、伊織をじろじろと見る。

「それじゃ、同心の旦那かい？」

「そう見えるか？」

「いや」

由利は首を振る。

「そんなに偉そうには見えない。といって、貫禄もなさそうだから、御用聞きの親分のようでもない……」

「それなら、どんな風に見える？」

「そうさねえ……」

由利はほんの少し思案して、

「とりん坊……」

と言ったから、伊織は思わず、ぷっと吹き出す。とりん坊というのは、遊女を騙して金品を取り上げる色男のことで、要するにヒモである。

「おまえ、とりん坊なんてものを知ってるのか？」

笑いながら、伊織が訊く。

「店でお客が話すのを耳にしただけで、よく知らないけど……」

そこで由利はハッとして、

「おまえ、誰なんだよ？」

「ま、いいじゃないか」

伊織は立ち上がると、

「突然、押しかけてすまなかったな。養生してくんな」

鼻紙に金の小粒を包んだものを市郎兵衛の前に置く。市郎兵衛は、わけがわからずに目をぱちくりさせている。

「おまえには、これだ」

伊織は懐から饅頭の包みを取り出すと、由利の手に押しつける。

「アンコが一杯入っていて、うまいぞ」

伊織が外に出ると、

「ちょっと待ってよ」

由利が追って来る。

伊織は振り返って、

「気負い組の馬鹿どもは、ここに近付けないようにするから心配するな。それでも、何か妙なことがあったら、小伝馬町の牢屋敷に出向いて、同心の大久保半四郎に事情を話せ。火付盗賊改の同心だぞ。半四郎には、わしからよく言っておくから」

「誰なんだよ、あんた？」

「また会おうや」

由利に背を向けると、伊織は機嫌よさそうにすたすたと歩き出す。

伊織の背中を、由利は、気味悪そうに見送る。

四

蠟燭町の百目長屋に寄り道した伊織は、その足で小伝馬町の牢屋敷に向かう。

これは伊織にしては、珍しいことといってよかった。

それが目的で外出したわけではあったものの、番町の組屋敷から小伝馬町まで一人で出かけるときには、これといって急ぐ用件があるわけではなく、言うなれば伊織の息抜きである。だから、途中で寄り道することもあれば、行き先が変わることもある。そういう日には、結局、小伝馬町に行かないまま組屋敷に帰ることになるのだ。

ところが、今日は寄り道したにもかかわらず、牢屋敷に向かったのは、

（半四郎にひとこと言っておかなくては……）

と思ったからである。

何を言うのかというと……。

伊織が百目長屋に行ったのは、気負い組の暴れ者に一人で立ち向かったという娘の顔を見てやろうという好奇心に過ぎなかった。

実際に、由利に会ってみて、

（何て元気のいい娘だ……）

と、伊織は感心すると共に、

（おもしれえ娘だなあ……）

と愉快な気分になった。

伊織を気負い組の仲間と勘違いし、竹箒を手にして父親を守ろうとした由利の姿が、伊織の目にはこの上なく健気に映ったのだ。

他人からは、火付盗賊改の頭として鬼のように恐れられている伊織だが、決して人情がないわけではない。いや、むしろ、人一倍涙もろい人情家であるが故に、敢えて「鬼」の仮面を被って、困難な職責を果たそうとしている、というのが本当なのだ。

どうやら、由利は、仮面の下に封印されている伊織の琴線に触れたらしい。

伊織は由利に、

「気負い組の馬鹿どもは、ここには近付けないようにするから心配するな」

と約束した。何かあれば、小伝馬町の牢屋敷に行き、同心の大久保半四郎に相談するように言った。伊織が小伝馬町に足を向けたのは、そのことをあらかじめ半四郎に言っておくためだ。

伊織は半四郎に会うと、

「あの娘が訪ねてきたら相談に乗ってやってくれ」

と、由利のことを頼んだ。

半四郎は伊織の気まぐれを知っているので、

「蠟燭町に行かれたのですか？」

にやにや笑いながら訊く。

「ああ」

「どうやら、あの娘を気に入ったようですね」

「おもしれえ娘なんだよ」

「詳しくは知りませんが、なかなかしっかりした娘のようです。母親を亡くしてから、体の弱い父親を助けて随分頑張っているようですから」

「母親がいないのか？」

「何年も前に肺病で……」

「そうだったのか」

確かに、長屋に母親らしい姿が見えなかったな、と伊織は思い出す。

「父親は寝込んでいるようだったが、かなり悪いのか？」

「気負い組の喧嘩に巻き込まれて、殴られたか蹴られたかしたらしいのですが、それ自体は大した怪我でもないはずです。ただ、市郎兵衛は元々肺を病んでおりまして、そっちはかなり悪いと聞きました」

「肺病か……」

市郎兵衛の顔色の悪さを思い出しつつ伊織はうなずく。

「不憫な娘なのです。母親を肺病で亡くし、今また父親も肺病で亡くそうとしているのですから」

「ふうむ……」

伊織の胸に由利に対する同情心がふつふつと生じてくる。

「親父がそんな有様で、どうやって暮らしているのだ？」

「市郎兵衛が子供相手に飴玉などを売り歩いているようですが、それだけで満足に食えるはずもなし、もっぱら娘の稼ぎに頼っているのではないでしょうか」

「あの娘がどんな稼ぎをしているというんだ？」

「縄暖簾で働いているはずです」

「縄暖簾でな」

由利が伊織を、

「とりん坊……」

のように見えると言うので、

「どうしてそんなものを知っている？」

と訊くと、

「店でお客が話すのを耳にした」

と、由利は答えた。縄暖簾で働いているのならば、そういう言葉を耳にすることもあるだろう、と伊織は納得する。

「場所はどこだ？」

「鎌倉河岸（かまくらがし）の『源七』という店ですが……まさか、そこまでご執心なので……？」

源内が冷やかすように言う。

「妙な言い方をするな。ちょっと気になっただけだよ」

「ははは、そうですか」

「ところで……。気負い組の連中は、どうなっている？」

「命じられた通りに海老にかけています」

「それでも口を割らねえか？」

「はい」

「どれくらい耐えているのだ？」

「かれこれ半刻（一時間）程になりますが……」

「もうすぐ死ぬな」

「このままでは」

半四郎がうなずく。

「様子を見に行こう」

「え？　お頭が直々に責めるので？」

「ちょっと考えがあるのだ」

五

小伝馬町の牢屋敷には、囚人たちから恐れられている小部屋がある。何の変哲もない小部屋だが、他の部屋に比べると、周りの壁を漆喰で何重にも厚く塗り固めてあるのだけが違っている。これは、小部屋の中で発せられる悲鳴や呻吟の声が外に洩れないようにするために特別に壁を厚くしてあるのだ。

これが、「拷問蔵」であった。

拷問蔵で行われる拷問は、海老責めと釣るし責めのふたつだけと決まっている。つまり、この小部屋に連れ込まれるということは、どちらかの拷問で責められることを意味しているわけだった。

伊織が、ひとつしかない入り口から拷問蔵に入っていくと、二人の囚人が海老責めにかけられているところだった。二人とも、全身が紫色に変色しており、苦痛のせいでか、全身をひくひくと震わせている。特に、一人の方は、白目をむき出し、鼻血を流している。

それを見た伊織は、

（あと四半刻というところか……）

と思った。あと三十分もすれば、この囚人が発狂するか、頓死するだろうと予想したのである。

海老責めとは何か？

まず、囚人を下帯ひとつの裸にする。

両手を後ろ手に縛る。

あぐらをかいた状態で左右の足首を縛る。

次いで、体を前に屈めて、肩と太股がくっつくようにきつく縛り上げる。そうすると、顎が自分の足首の上にのる格好になる。体が丸まった様子が海老に似ているので、海老責めと言われるのである。

後は何もしないで放り出しておくだけだ。

囚人が音(ね)を上げるのを待つのである。

仕掛けは単純そのものだ。

何だ、そんなものかという気がする。

しかし、古来、本当に恐ろしい拷問というのは、仕掛けは単純なものが多い。この海老責めにしても、最初は大して苦痛にも感じない。

（大したことはねえやな……）

囚人もそう思う。

ところが、ものの十分もすると、

（心持ちが悪いな……）

という気になってくる。

三十分もすると、全身を針でちくちくと刺されるような痛みを感じ、絶え間ない不快感が襲うようになる。その頃には、血行障害を起こすために、体中が鬱血(うっけつ)して赤くなり、脂汗(あぶらあせ)が吹き出してくる。意識が朦朧(もうろう)としてくるのも、この頃だ。

一時間もすると、全身が紫色に変色し、次第に青っぽい土気色(つちけいろ)になっていく。死体の皮膚の色だ。こうなると、呼吸が不規則になり、鼻や口から血が流れ出し、意識も失って、死の一歩手前という状態である。

普通は、ここで、

「そこまで」

と、牢屋医師が吟味与力に合図する。これ以上、放置すると死ぬことになる、と忠告するのだ。

忠告が間に合わなくて、囚人が死ぬことも珍しいことではない。

だが、大抵は、ものの三十分も経たないうちに囚人の方が音を上げて、

「お許し下さい。何でも話します」

と抵抗を諦める。

伊織がじっと見ていると、口から泡を吹いている方の囚人が、必死に何かを言おうとしていることに気付いた。

「おい」

伊織は吟味与力の高山彦九郎に声をかける。

「何か言いたいらしいぞ」

「あ」

拷問をじっと見つめていると、責める方でも感覚が麻痺してしまうらしく、囚人の小さな動きにはなかなか気が付かなくなってしまうようだ。

「おい、聞き取れ」

彦九郎は慌てて、同心に声をかける。

囚人の横に坐っている打役同心が、耳を近付ける。

「恐れ入りました。すべてをありのままに申し上げます、と申しておりますが」

同心が言った。

「よし。解いてやれ」

彦九郎が命じると、同心が縄を解き、牢屋医師がにじり寄っていく。

彦九郎はもう一人の囚人に向き直ると、

「片割れは恐れ入ったと申しておるぞ。その方も恐れ入ってはどうだ?」

「……」

その囚人は上目遣いに彦九郎を見上げると、

「こ、殺して……下され」

と、つぶやく。

「何? 殺せ、とな?」

「殺して……」

そう言うと、その囚人は気を失った。

「手当してやれ」

伊織は命じ、

「その男は、わしが直接に吟味する。覚醒したら、組屋敷に連れてこい」

と、半四郎に言うと、拷問蔵を出ていく。

（ああ、またお頭の気まぐれが始まった……）

半四郎はふっと溜息をつく。

六

（ふーっ……）

五郎吉は心の中で小さな溜息をつく。

気後れがしている。尻のあたりがむずむずして、何となく落ち着かないのだ。

同心の大久保半四郎は、五郎吉の内心の困惑などには一向に頓着していない様子で、すたすたと先になって歩いていく。半四郎が門をくぐって入っていくのは、番町にある中山伊織の組屋敷である。

江戸城の内濠と外濠の間の台地にある番町は、旗本が集住する武家地だが、石高が千石を超えるような大旗本は少なく、数百石の禄を食む中小の旗本が多く住んでいる。そんな中で、伊織の三千石というのはずば抜けた大身で、その屋敷にしても、敷地が千二百坪あり、建坪だけで六百坪ほどもある。

表門を入るとすぐに奉公人たちの住む長屋が何棟か建ち並び、正面には横に大きく広がった母屋がある。母屋の裏手に、伊織の家族たちが住む中奥と奥向きが建ち並ぶ。母屋の横には、中庭を挟んで中長屋が建っているが、小伝馬町の牢屋敷から引き出された囚人を伊織が直々に吟味するときには、もっぱらこの中長屋が使われることになっている。

半四郎がその中長屋に向かうので、

(頭が直々に吟味しているのか……)

何も詳しいことを聞かされていなかったものの、そう察した。

五郎吉の女房のお佐知は、日本橋・長谷川町で小さな小料理屋を開いているが、その店で五郎吉が昼酒を飲んでくつろいでいると、ふらりと半四郎がやってきて、

「ちょいと顔を貸してくんな」

と笑いもせずに言った。

「へい」

半四郎が唐突に姿を現すときは、御用の筋だと心得ているので、五郎吉は小さくうなずくと、すぐに立ち上がった。さすがに年季が入っているせいか、立ち上がったときにはすっかり酔いが醒めたような、しゃきっとした顔付きになっている。

五郎吉が表に出ると、半四郎が腕組みして往来に突っ立っており、

「御頭がおまえに用があるらしい」

　ぶっきらぼうに言い放ち、先になって歩き出した。

（相変わらず愛想のねえ人だ……）

　五郎吉は腹の中でそう思いつつも、黙って半四郎の後を追った。五郎吉は、半四郎の高飛車で無愛想な態度が、火付盗賊改の同心としての職責をしっかり果たそうという自負の現れだと好意的に解釈しつつも、

（かれこれ一年にもなるってのに……）

　もう少し打ち解けてくれてもいいのではないかという不満を感じないではいられなかった。

　五郎吉は半四郎の手札をもらい、十手を預かる小者である。同心の手先として犯罪捜査に携わる者を小者といったり、目明かし、岡っ引き、口問い、手先、御用聞きといったりする。いずれも同心に使われている者には違いないのだが、この中でも正式に奉行所に名前が通っている者だけを小者という。つまり、目明かし、岡っ引きなどと言うときには、同心が私的に召し使っている、ということになる。もっとも、小者にしたところで、奉行所に名前は通っているものの、役所から手当が出るわけではない。同心が自分の懐から手当を出すのである。手当といっても、せいぜい一年に一分くらいのもので、子供の小遣いに毛が生えた程度のものだ。

そんな手当で食えるはずがないから、五郎吉も女房が料理屋をやっている。大の男がはした金で同心に顎で使われるのは馬鹿みたいなものだが、なかなかどうして十手を持っているとどこでも顔が利いて、それなりの旨味もあるのだ。

そもそも、同心の手足となって御用の筋を承る者を様々な名称で呼ぶのには理由がある。

それは、こうした者たちが、元々は犯罪者だったということだ。つまり、目明かしなどというものは、毒を以て毒を制する、という発想から生まれたものであり、捕らえられた悪人が仲間を裏切り、密告すればその罪を許された、というところから生まれたのである。

これは裏切りが日常的に行われていた戦国時代の遺風といってよく、徳川の世が盤石となるにつれて、弊害の方が大きくなってきた。本来が犯罪者であるような者に大きな権力を与えるわけだから、お上の威光を笠に着て、町の顔役を気取り、堅気の商家を脅したり、好き勝手に乱暴な振る舞いをするようになるのは当然の成り行きといえよう。

そこで、幕府は同心が目明かしを使うことを禁止し、特に八代将軍の吉宗が目明かしの類を使うことを忌み嫌ったので、厳しい禁令を何度となく出すことになった。

しかし、目明かしがいないと同心は犯罪者を捕まえることができないから、表向きは禁令に従う振りをして、実際には陰で使うことになる。

　だから、

「目明かしを使ってはならぬ」

　と言われれば、

「あれは、目明かしなどではございませぬ。岡っ引きでございます」

　と逃げ、

「目明かしも、岡っ引きも使ってはならぬ」

　と禁じられれば、

「いえいえ、あれはただの御用聞きでございます」

　という風に、名称逃れをしてごまかすようになった。だから、様々な名称がある。

　そんな中で小者だけは、一応、

「あれは拙者が召し使っている者でして……」

　と奉行所に名前が通っているのだから、まずまず、まともな者だと言える。

　五郎吉とて、叩けばいくらでも埃（ほこり）が出る体であろう。しかし、己の分際を心得ていたのが五郎吉の賢いところで、それほど町の衆からも憎まれることなく、五十に手が届く年齢まで、何とか無難に生き延びてきた。

　もっとも、処世術に長けているだけでは、長年、十手を預かり続けることはできない。特に、火付盗賊改の御用を勤めるとなると、よほど有能な者でなくては、たちまちお払い箱にされてしまう。

なぜなら、町奉行所の同心などは、一旦、その職に就くと、引退するまで何十年も勤めることになるが、火付盗賊改の同心はそういうわけにはいかない。

半四郎の上司である中山伊織は、そもそも御先手組の先手頭の一人だ。御先手組は、弓八組、鉄砲二十組あって、蓮池・平川口・梅林坂・紅葉山下・坂下の五門の警備と、将軍が寺に参詣するときに警護するのが役目である。それ故、御先手組といえば、旗本・御家人の中でも、特に武勇に優れた者が選ばれるしきたりになっている。

伊織にとっては、御先手組の頭としての職務が本来のもので、火付盗賊改の職務は加役に過ぎない。加役を勤めるのは、平均すると二、三年というところだから、いずれは伊織も加役を免除されて、他の役職に就くことになる。

半四郎は、御先手組に属する伊織の配下の同心だから、伊織の加役が解かれると共に、火付盗賊改の同心としての半四郎の仕事も終わるわけだ。

しかし、二、三年に一度、火付盗賊改が替わっていたのでは、職務を熟知しない素人ばかりが加役を勤めることとなり、犯罪捜査が滞ることになる。

それならば、町奉行所の熟練した与力や同心たちに助力を仰げばよさそうなものだが、役所の体質というのは、昔も今もまったく変わらないもので、縄張り意識が異常に強く、お互いを敵視するとまでは言わないが、少なくとも、互いに無視し合うのが普通である。助け合うどころか、横の繋がりなどまったくない。

　そこに五郎吉のような者の出番がある。職務に不慣れな同心たちの手足となって働き、犯罪捜査に支障をきたさないようにする役目を負わされているわけだ。それ故、よほど有能な者でなくては、火付盗賊改方の御用は勤まらないのである。

　一見すると、風采の上がらない中年親父にしか見えない五郎吉が、

「すっぽんの親分」

とあだ名されて、恐れられるのにはそれなりの裏付けがあるのであった。


　半四郎に案内されて中長屋に入っていくと、

「おう、来たか」

　伊織が顔を向ける。

　囚人を厳しく吟味しているのだろうと見当をつけていた五郎吉は、伊織の機嫌のよさそうな顔を見て、拍子抜けした。

　この時代の火付盗賊改は、とにかく荒っぽい。

　怪しいと睨んだ容疑者の生殺与奪の権を、火付盗賊改方は完全に握っており、頭の判断で容疑者を処刑しても責任を問われることはない。

江戸時代など、裁判などもいいかげんで、疑われたら簡単に死刑にされてしまうのだろうと思われがちだが、実際には、それほど簡単ではない。

そもそも奉行レベルでは、刑罰を言い渡すことができる限度が決まっており、江戸の三奉行、すなわち町奉行、寺社奉行、勘定奉行でも専決できるのは中追放までである。重追放以上の刑を言い渡すには、老中の許可が必要であり、遠島や死罪を言い渡すには、将軍の許可が必要とされていた。なかなか厳密な裁きが行われていたと言っていい。

火付盗賊改方だけが例外だったのだ。

将軍の目となり、耳となって、江戸の治安を守るという職責を与えられていたので、時として将軍に成り代わって容疑者を処刑することまで許されていた。

伊織は、その強大な権力を十分に活用した。

（こいつは怪しい……）

という伊織の独断によって、この一年に何人が斬られていったことか……。

折に触れて伊織のやり方を眺めてきた五郎吉の経験からすると、中長屋に連れてこられて、しかも伊織から直々の吟味を受けた囚人は、

（まず十人のうち、八、九人は斬られる……）

と見て間違いなかった。

「五郎吉」

伊織が呼びかける。

「へい」

五郎吉は腰を屈めて、頭を下げる。

「こいつを」

伊織は、土間に据えられている囚人の方を顎でしゃくり、

「おまえの下で使ってくれ」

と言った。

「え？」

思わず五郎吉は声を出す。伊織の言葉があまりにも意外だったからだ。

「なかなか見所のある奴だよ。海老で責められて音を上げなかったくらいだからな。

なあ、半四郎？」

「はい」

半四郎は、むっつりとした顔付きでうなずく。半四郎のその表情を見て、

（大久保の旦那は、このことをあまり快くは思っていないようだな……）

と、五郎吉は察する。

「仕込んでやってくれ」

伊織だけが上機嫌だ。

「それは、もう……」

伊織がそうしろと言うならば、五郎吉は黙って従うしかない。

（どういう風の吹き回しだろう……？）

五郎吉には伊織の考えがよくわからない。

五郎吉自身、「親分」と言われる程の男だ。

手下なら何人もいる。

別に人手が足りないわけではない。

伊織自ら、この囚人を仕込めというには、何かしら理由があるのだろうか……。

「ふふん、突然、妙なことを言い出したと思っているのだろう？」

五郎吉の腹の内を見透かしたように、伊織が鼻先で笑う。

「いえ、別に……」

五郎吉は口を濁す。

「こいつを使って、もう一度あの一件を洗い直してもらいたいのだ。それには、面が割れてない奴を使う方がいいだろうと思ってな。盗賊を相手にするには、肝っ玉も太くないと、役には立たないだろうし……」

伊織が言うのを聞いて、

（あっ、あれか……）

五郎吉には、ようやく伊織の意図することがわかった。

（あのことを忘れていなかったのだな……）

伊織の執念を五郎吉は垣間見た思いがする。

中山伊織は、一年前、火付盗賊改の頭に就任した早々に起こった事件のことを忘れていなかったのだ。

五郎吉ですら、新たに起こる事件に追われて日を過ごすうちに、

（もう終わったこと……）

として忘れかけていたのに、伊織はいきなり五郎吉を呼び出すや、事件の洗い直しを命じた。しかも、五郎吉の手先として、「面の割れていない、肝っ玉の太い男」まで用意していたのは、伊織が、火付盗賊改を拝命して後の唯一の汚点と言っていいあの事件のことを片時も忘れていなかった証拠であろう。

「こいつは海老責めにかけられても音を上げなかった男だ。普通なら、何でもありのままに申し上げるので、お許し下さいというところを、『殺して下され』と言いやがった。妙なことを言う奴だと、気になったので直々に吟味したのだが、本心から言うのかどうかわからねえのだが、『男としての意地を通すためとはいえ、お上に楯突いたことには変わりがないので、どうかお仕置きをしてもらいたい。殺して欲しい』と

言うのよ。随分さっぱりした言い草だが、この世に未練はないのか、やり残したことはないのか？　と訊くと、そういうこともないではないが、そんなことを言うと切りがないし、ちょうど生きていくのも嫌になってきたから、どうか殺してもらいたい。ひとつ望みを言わせてもらえるならば、こうしてお縄になったのも何かの縁と思し召して、殿様自らこの首を落としてはもらえまいか、とこうきたもんだ」

伊織は、顎を撫でながら五郎吉に説明する。五郎吉だけでなく、腕組みして渋い顔をしている半四郎にも聞かせている様子だ。

「そこでわしは訊いたのだ。よかろう。おまえの命はこの中山伊織がもらった。望み通り、いつでも斬ってやる。だが、お上のご意向を畏れて殺してくれと言うならば、ちょっと考えを改めて、お上のお役に立つつもりはないか。この中山伊織を助けてくれるつもりはないか、とな」

「なるほど」

五郎吉がうなずく。

「それで、うんと言ったわけで？」

「ま、そういうことだ。わしが直々に見込んだ男だ。おまえのような腕っこきに仕込まれたら、きっと役に立つだろうぜ」

伊織は、後ろ手に縛られて、地面に正座している囚人に顔を向けると、いきなり脇差を引き抜き、囚人の顔の前に振り下ろす。

　突然の出来事に五郎吉と半四郎がハッとして身構える。しかし、伊織の振るった刃は囚人の鼻先をかすめただけで、囚人を傷付けてはいない。この囚人は、よほど肝が据わっているのか、あるいは単に鈍感なのか、顔色ひとつ変わっていない。

「おまえの悪心は、たった今、この中山伊織が斬り捨てた。おまえはこの場で死に、そして、生まれ変わった。心を入れ替えて、お上の御用を勤めるがいい」

「はい」

　囚人はおとなしく頭を下げる。

「ふむ」

　伊織は脇差を鞘（さや）に納めると、芝居がかった真似をしたことにちょっと照れたのか、口をへの字に曲げて、

「後のことは頼んだぞ」

　と言うや、五郎吉に背を向けて、中長屋から出ていった。

七

　御先手組の頭である中山伊織が、加役として盗賊改を拝命したのは、一年前の宝暦（ほうれき）

二年（一七五二）正月二十三日のことだ。

この日、伊織は江戸城から組屋敷に戻ると、ずかずかと奥に上がり込み、いきなり仏壇を叩き壊した。

妻のりんが慌てて止めに入ったが間に合わなかった。

呆然とする家人に向かい、

「わしは今日から鬼になる。鬼にならねば、この職務を全うできないと思うからだ。今日を限りにわしは慈悲の心を捨てた」

と、伊織は宣言した。

朝夕の勤行を欠かしたことのない、仏心の篤い伊織の言葉だけに、これは並々ならぬ覚悟をした上での行動だったのである。伊織がこの職にある限り、中山家の仏壇に火が灯されることはないであろう。

（今日から鬼になる……）

と覚悟を決めた伊織だったが、実際には、前任者からの引継もまだ済んでおらず、

（さて、何から手をつけたらいいものか……）

というように、右も左もわからないような状態だった。

伊織が、

「我が生涯の汚点」

と他人にも語り、後々まで伊織を歯軋り(はぎし)させることになる事件は、そんなときに起こったのだ。


一年前の夜……。

夜道を馬が駆けていく。

夜更けに江戸市中を馬が駆けるなど、尋常なことではない。

先走りの者が、

「火付盗賊改、中山伊織さまの手の者である。木戸を開けい！」

と声を張り上げる。

番太郎が木戸を開けるのと、伊織が馬で駆け抜けるのが一緒であった。続いて梯子(はしご)や刺股(さすまた)、提灯(ちょうちん)を手にした捕り手の者たちが通り過ぎて行く。

（くそっ！　わしとしたことが抜かった）

馬上の伊織はぎりぎりと奥歯を嚙みしめて悔しがった。

日本橋・伊勢町の米問屋が盗賊に狙われているという情報を得て、しかも、内部から手引きしている者がいるらしい、ということまでつかんでいたにもかかわらず、まんまと盗賊どもにしてやられてしまったのである。

襲われたのは、米問屋が軒(のき)を連ねる伊勢町の中でも老舗(しにせ)といっていい常陸屋だ。

伊織が手に入れた情報では、襲われる店の名前や襲撃がいつ行われるのか、ということもわからず、いうなれば噂(うわさ)に毛の生えた程度の情報にすぎなかった。それでも、一応、夜になると伊勢町に火付盗賊改の手の者二人を張り込ませてはいたが、たった二人では、事件の発生を伊織に知らせるだけで精一杯だった。

(何とか間に合ってくれ！)

そのことだけを伊織は願っていた。

しかし……。

「おおっ！」

伊織の口から、悲鳴とも叫びともわからないような声が洩れた。

伊織の向かう方角に火の手が上がっている。

燃えているのは常陸屋に違いない、と伊織は察した。

周辺は昼間のように明るかった。常陸屋が燃え上がり、火の粉を撒(ま)き散らしているのだ。伊織が到着したときには、近所の住民たちが家財道具を抱えて逃げまどい、火消したちが怒号を張り上げて走り回っている最中だった。

馬が火に怯えて、後ろ脚で立ち上がった。

伊織は手慣れた様子で馬を宥(なだ)めると、下馬した。

為す術もなく火災を眺めていると、ようやく配下の者たちが追いついてきた。

「遅かったか！」

同心の大久保半四郎が悔しそうに唇を噛む。

その横で、同じく板倉兵庫忠三郎が息を弾ませながら、険しい顔付きをしている。

皆の思いは同じだった。

（盗賊どもを決して許さぬ……）

そう決意していたのだ。


翌朝、伊織は常陸屋の焼け跡を検分した。

「どうも見事に焼けてしまいましたな」

伊織の背後で与力・高山彦九郎がつぶやいた。

「うむ」

伊織は不機嫌そうな顔でうなずく。

「それにしてもよく切り火に成功したもので……」

彦九郎は感心したように周囲を見回した。

常陸屋は跡形もなく燃えてしまい、両隣の家屋も切り火のために打ち壊されていたが、それ以外の周辺の家屋は無事だった。これだけの火災が発生したことを考えれば、これは奇跡と言ってもいいくらいなのだ。

「まったくだ、な……」

伊織はうなずいた。

夜半過ぎから、霙混じりの雨が降り出したことが幸いだった。今では霧雨程度になっているが、夜明け前にはかなり強い雨が降ったのだ。雨が降るという天佑に恵まれず、これが乾燥した日であったなら、この一帯が焼け野原になっていたとしてもおかしくなかったのだと考えると、あらためて伊織は背筋が寒くなるような気がする。

「盗賊どもをとっつかまえてりゃあ、そもそも火事もなかっただろうがな……」

霧雨で濡れた顔を手拭いで拭いながら、伊織はつぶやいた。

伊織が組屋敷に戻って、奥の書院でごろごろしていると、妻のりんが廊下から声をかける。

「大久保殿がお会いして報告したいことがあると」

「よし、通せ」

伊織は飛び起きて、りんに煙管を渡した。

りんが、ふと見ると、煙管の飲み口に伊織の歯形がついている。

(よほど悔しい思いをしておられるような……)

りんは夫の心中を思いやったが、それを口にするようなことはしなかった。

慰めや同情の言葉を嫌う伊織の性分を、りんはよく心得ていたからだ。

半四郎は、常陸屋から唯一逃れることのできた太吉という小僧から事情を聞き取り、伊織に報告に来たのである。

「新八という手代が休んでいたそうでして。腹痛とかで二、三日前から顔色が悪かったそうです。とうとう、昨日は、我慢ができないということで主人に頼んで早上がりしたとかで……」

「何だと？　手代が休みをとっていただと？」

半四郎の報告を聞いて、伊織は顔色を変えた。

「引っかかるな」

伊織は腕組みして唸った。

「とりあえず引っ張ってこい」

「本当に寝込んでいたら、どうしますか？」

半四郎も火付盗賊改の職を勤めることになった矢先で、わからないことばかりだから、万事につけ伊織の指示を仰ぐことにしていたのだ。

「構わないから、引っ張れ。なあに、具合が悪けりゃあ、牢医者に診せればいい」

「承知しました」

「小僧はどうしている？」

「まだ動転しているようです。最初はろくに話もできないような有様だったので、今まで手間取ってしまいました」

「その小僧が手引きしたってことはないのか？」

「あの様子ではとてもそうは思えませんが。もう少し厳しく取り調べた方がよろしいでしょうか？」

「嘘は言ってないのだな？」

「そう思います」

「常陸屋の生き残りは、早上がりした手代を除けば、その小僧だけなんだな？」

「後程、忠三郎が詳しい報告に参るでしょうが、焼け跡から、小僧が申し立てたのと同じ数だけの焼死体が見付かっております」

「小僧は盗賊どもについては何と言っている？」

「押し込まれたとき、たまたま厠に立っていたらしく、部屋に戻ろうとしたときに黒い覆面をした男が同輩を斬り殺すのを見たということです。恐ろしくなって布団部屋に隠れ、盗賊どもが引き上げるのを待ち、火の手が回る寸前に、命からがら逃げ出した、と申しております」

「黒い覆面か……。顔は見てないってことか」

「はい」

「人数は？」

「小僧が直接見たのはその一人だけです。女中部屋や二階からも大きな物音が聞こえていたといいますから、人数はもっといたのでしょうが」

「大して役にも立たねえな」

「ただ、顔はわからないものの、黒覆面の言葉遣いが町の者のようではなかったと小僧は言っています」

「侍ってことか？」

「さあ、浪人かもしれませぬ。それだけでは何とも……」

「それも、そうだな」

「申し訳ございませぬ」

　何の手がかりもないことが自分の手落ちであるかのように、半四郎はすまなそうな顔をして詫びた。

「まあいい。小僧にしても昨日の今日だ。話に筋道が立たないのも仕方なかろう。しばらく、留め置いて、落ち着いてから、もう一度じっくりと話を聞くがいい」

「実は……」

半四郎が言いにくそうに伊織を見た。

「何だ？」

「御番所の筋から、小僧を引き渡してくれと内々に打診がきているのですが……」

「何だと、町奉行から？」

伊織がじろりと半四郎を睨んだ。

「何も聞いてないぞ」

「それが五郎吉を通して伝わってきた話でして」

「五郎吉？」

伊織が怪訝そうな顔をした。

「御用を勤めている小者です」

「すっぽんの五郎吉とかいう奴のことか。思い出した。しかし、何だってまた、五郎吉からそんな話がおまえのところに来るのだ？　順序がおかしいじゃないか」

「御番所の同心に使われている小者を通して五郎吉に話があったのです。何でも、向こうの方でも伊勢町の米問屋が狙われているという噂を聞き込んで内偵していたらしいのです」

御番所というのは、町奉行所のことだ。

町奉行は、江戸の町地を支配し、民政を司る。町触れという法令を出す権限を持ち、行政・裁判権も握っている。常陸屋のある伊勢町は町地だから、当然、町奉行の支配下にあるわけだ。

しかも、町奉行は、火付け、盗賊の取り締まりも行うから、火付盗賊改とは職務がだぶっている。形としては、町奉行の縄張りに、火付盗賊改がずかずかと割り込んできた上、唯一の生き証人までさらっていったことになるから、御番所の役人たちが面白くないのは当然であろう。

それで、五郎吉のような下々の者を通して、証人を引き渡せと要求してきたのに違いなかった。御番所の小者が五郎吉に話を持ちかけてきたのは、町方の同心の意を汲んでのことであろう。それがわかっているからこそ、五郎吉もすぐに半四郎に注進したのだ。

「何と言って頼んできたのだ?」

「それが……」

半四郎は歯切れが悪い。

「はっきり言え」

「はい」

半四郎はうなずいた。

「向こうが言うには、加役を拝命して間もない故、不慣れなことも多いであろう。今度の一件は、どうか御番所に任せていただきたい、と」

「……」

半四郎は、恐る恐る伊織を見た。

思った通り、伊織の形相が変わっていた。顔面から血の気が引き、蠟のように白くなっている上に、目尻が吊り上がって仁王のような顔付きになっているのだ。

「それで何と返事したのだ？」

伊織は額に青筋を立てて訊いた。

「まずは御頭のお指図を頂いてからと思いまして……」

「馬鹿野郎！」

伊織は半四郎を怒鳴りつけた。

「指図なんぞいるか！　そんなふざけた申し出は、おまえの一存でさっさと断るがいい。何だ、町方の言い草は！　不慣れなことも多いだと？　余計なお世話だ。てめえの尻についた糞は、てめえで拭けると言ってやれ」

「町奉行さまを通して、御頭に正式な依頼が来るかもしれませんが……」

「半四郎」

伊織は半四郎を見据えた。

「誰が頼んできたって返事は同じだ。中山伊織は、尻についた糞を拭うのに、他人の手は借りないんだよ。それでも町奉行が何だかんだと言うようなら、尻を思い切り蹴飛ばしてやる。わかったか？」

「はい」

半四郎はうなずくしかなかった。


その数日後……。

番町にある伊織の組屋敷に集まったのは、与力・高山彦九郎、同心・大久保半四郎、同心・板倉忠三郎といった中山党ともいうべき面々である。それに、半四郎が手札を与えて使っている小者の五郎吉が加わっていた。

五郎吉は中奥に通された。

裏庭に面した伊織の私室に一同は顔を揃えた。その部屋で伊織は、信頼する部下たちと密談するのだということを五郎吉は聞き知っていた。

五郎吉がこの部屋に招き入れられるのは、初めてのことだった。かねてより火付盗賊改の小者を勤めていた五郎吉ではあったが、加役を拝命したばかりの伊織にとって五郎吉は新参者のようなもので馴染みもない上に、頭である伊織の立場からすれば、源内から手札をもらって使われている小者風情など、名前を知る必要もない程度の存在に過ぎなかったからだ。

（わしなんかに何の用があるのだろう……？）

五郎吉が緊張するのも無理はなかった。

五郎吉は一同から離れて、下座に畏（かしこ）まって体を丸めていた。伊織をはじめとして、誰もが苦虫を嚙み潰したような渋い顔をしていることも五郎吉の緊張を高めていた。

「死んじまったか……」

床柱に背もたれして目を瞑（つぶ）っていた伊織が、ふーっと重い溜息をついて口を開く。

「申し訳ございませぬ」

半四郎が平伏した。

慌てて五郎吉もそれに倣（なら）った。

「おまえたちの手落ちではなかろう」

「もう少し早く動いていればと、悔（く）やまれます」

半四郎が悔（くや）しそうに言った。

「せめて、もう一日早く」

「ま、結果は同じことだったろうぜ」

伊織は半四郎にそう言うと、五郎吉に顔を向け、

「なあ、その新八って手代が行方をくらましたのは、もっと前だったんだろう？」

「へ、へえ」

五郎吉は背筋を伸ばして、大きくうなずいた。

内心、五郎吉は、

（ちぇっ！　すっぽんの五郎吉ともあろう者がこんな青二才に震え上がるとは）

と舌打ちしていた。

自分より一回り近くも年齢の若い伊織を前にして、すっぽんの五郎吉の金玉が縮み上がっているのだ。

五郎吉は落ち着きを取り戻そうと、ひとつ咳払いしてから口を開いた。

「具合が悪いといって早上がりした新八ですが、そのまま裏店には戻らず、どこかに雲隠れしちまったようです。土左衛門になって浮かぶまでは、まったく足取りもつかめませんでした」

五郎吉は、唇のあたりを何度もこすりながら説明した。伊織の厳しい視線を感じながら話すのは、何とも居心地が悪く、ひどく喉の渇きを感じた。

「聞いた通りだ。半四郎が一日早く何とかしようとしたところで、肝心の手代の行方がわからないのでは、どうしようもなかったってことだ」

「手がかりが消えてしまいましたな」

彦九郎がつぶやいた。

「手代さえ、ふん捕まえて締め上げりゃあ、盗人どもまで簡単に辿り着けると思っていたが、さすがにそうは問屋がおろさなかったな。こっちが考えるくらいのことは盗人どもも考えていたってことだ」

新八という手代が盗賊の手引きをしたことを伊織は少しも疑わず、そうに違いないと決めつけていた。

物騒な世の中である。

しかし、さすがに幕府のお膝元の江戸市中で、しかも、世間に広く名前が知られているような大店を襲うのは、そう簡単ではない。蔵に千両箱を積み上げてあるような大店には、それなりの防犯の備えが施してある上に、もたもたしていると町奉行所の捕り方が押し寄せてくる。よほど手際よく押し込まないと、成功はおぼつかない。成功するか否かは、内部に手引きする者がいるかどうかという一点にかかっている。

あの夜、常陸屋では、偶然、逃れることができた太吉という小僧と、たまたま具合が悪くて店を休んでいた手代の新八を除くと、店にいた者は皆殺しにされている。益次という初老の番頭などは、住み込みではなく、通いで勤めていたにもかかわらず、帳簿整理の忙しいときに新八の具合が悪くなったために、泊まり込みで新八の仕事を肩代わりしていて凶行に遭った。普段通りに仕事を切り上げていれば、死なずに済んだはずなのだ。

生き残った者は二人しかいない。

太吉と新八だ。

太吉がシロだとすれば、新八がクロだということになる。

ところが、新八は死んだ。

いや、殺されたのだ。

どういう理由かはわからないが、主家を裏切った新八は、結局は盗賊たちにも裏切られて、泥で濁った堀に浮かぶことになったのである。

「手がかりは、なしか……」

伊織がつぶやく。

一同に重苦しい沈黙がのしかかってきた。

その重さに耐えかねたように五郎吉が、

「あの……」

と口を開く。

「何だ？」

伊織が訊く。

「控えろ」

半四郎が鋭く叱責する。

「まあ、いい」

　伊織が半四郎をたしなめる。

「これからは心をひとつにして、加役を勤めていかなくてはならないのだ。この場で、つまらない遠慮は無用だ。言いたいことがあれば、どんどん言ってくれ。五郎吉、構わないぞ、何だ?」

「へえ……」

　五郎吉はごくりと唾を飲んだ。

「わしが使っている者が、ちょいと聞き込んできたんですが、町方の小者が手代の裏店をしつこく聞き込んでいたらしいので……。たまたま、うちの者がその裏店に出向いたのが、町方の小者が聞き込んだ後だったたんですが、何でも裏店の連中は、『何も口にするな』と厳しく口止めされているらしくて……」

「何だと?」

　伊織が五郎吉を睨む。

「町方の奴ら、邪魔立てをしようという魂胆か」

「その小者は、わしも古くから知っている者で、そういうひねくれた奴ではありませぬ。思うに、これは……」

「上からの指図ってわけだな?」

「へえ」

五郎吉はうなずく。

「どう思う?」

伊織は彦九郎に水を向ける。

「意趣返しですかな」

温厚な彦九郎は、いつも通りの穏やかな口調でつぶやく。しかし、若い半四郎や忠三郎は怒りが収まらない様子だ。

「まったく、町方の者たちは、御用の筋を何と心得ているのでしょうか?」

「借家人(しゃくやにん)どもに口封じをするなど……。子供でもあるまいし、呆れ果てる」

二人は盛んに憤慨している。

「銀次(ぎんじ)ってのがその小者の名前ですが、わしの方から内々に探りを入れてみましょうか?　話のわからない親父ではありませんから……」

五郎吉が言うと、

「やめておけ」

伊織がきっぱりと言い切る。

「確かに我らは加役を拝命して間がない。経験もなく、不慣れなことも多い。しかし、町方の助力は必要ない。我らの足を引っ張るなら、勝手にさせておけ。そもそも、町方では手に負えない者たちを追捕(ついぶ)することを至上命令として、火付盗賊改という役職があるのではないか。町方の手を借りなくては何もできないというのならば、我らなど最初から必要ないのだ」

伊織の言葉を聞いて、彦九郎や半四郎、忠三郎はうなずく。

一人、五郎吉だけが、

（そいつは、ちょっと違いますぜ……）

と腹の中で叫んだ。

（妙な意地を張って、お上同士が縄張り争いなんかしていると、悪い奴らをのさばらせるだけだ。引くときには引き、押すときには押すという当たり前のことが、偉い人たちはどうしてできねえのだ？）

もちろん、そんなことを口に出せるはずがない。

五郎吉はうつむいて、唇を嚙んでいた。

常陸屋が襲撃された一件で、火付盗賊改と町奉行所が協力し合うということは、結局、実現しないままに終わり、盗賊一味を捕まえることもできず、事件は迷宮入りしたのである。これが一年前のことだ。

八

五郎吉は傍から見ると、とても十手持ちには見えないであろう。肩を落とし、うつむいて自分の足下を見ながら、とぼとぼと重い足を引きずって歩く様子は、生活に疲れ切った日雇取りのようだ。

しかし、生活に困窮しているのでないことは、贅沢ではないものの、こざっぱりとした身なりからも察せられる。もう一回りくらい、年齢を取っていれば、楽隠居の老人が、家庭内の不和にでも悩みながら、散歩しているように見えたかもしれない。

時折、足を止めると、渋い表情で、ふーっと溜息をつく、すると、後ろからついてくる足音も止まる。五郎吉が歩き出すと、背後でも地面を踏む音が聞こえ始める。

五郎吉が溜息をつくのには、ふたつの理由がある。

ひとつは、一年前の「常陸屋事件」を洗い直せと伊織に命じられたことだ。

正直なところ億劫だった。

五郎吉が、

「すっぽんの親分」

と言われているのには理由がある。

五郎吉の犯罪捜査のやり方は、からまった糸を解きほぐすように、しつこくしつこく事件に食いついていくことだ。できるだけ多くの関係者から話を聞き、事件に関わりのありそうな場所には何度となく足を運ぶ。根気と足で真相に迫るというのが五郎吉のやり方なのである。

だからこそ、

「すっぽん」

と渾名（あだな）されている。

だが、そのやり方は疲れる。

（そろそろ引き時か……）

と引退を考えている五郎吉にとって、一年も前の事件を洗い直すのは、決して楽しいことではない。

五郎吉を憂鬱（ゆううつ）にさせているもうひとつの理由は、

（妙なものを押し付けられちまった……）

という鬱陶（うっとう）しさである。妙なものというのは、五郎吉の背後からくっついてくる男のことだ。

火付盗賊改の頭である中山伊織から、

「仕込んでやってくれ」

と直々に頼まれた手前、断ることなどできなかったのだが、五郎吉としては何とも気が重い。

それにしても無口な男だ。

伊織から預かったこの男を、番町の組屋敷から長谷川町の家まで連れていくところなのだが、五郎吉が何を訊いてもろくに返事をしない。

「名前は何というのだ？」

「……」

最初は名前すら教えようとしなかった。

(何だって、こんなろくでなしの気負い組なんかのために、わしが気を滅入らせなけりゃあならないのだ……？)

道々(みちみち)、そんなことを考えると、温厚な五郎吉も、ついカッとなり、

「てめえ、口が利けねえのか」

と大声を出した。

往来である。

天秤棒を担いだ物売りが驚いたように振り返る。

「ちぇっ！」

五郎吉は舌打ちして歩き出す。

「九兵衛(くへえ)」

ぼそりと男がつぶやく。

「あ？」

五郎吉が振り返ると、

「九兵衛と呼ばれている」

「呼ばれている、とは何だ？　本当の名前じゃないってことか？」

五郎吉が問うと、九兵衛は再び貝のように口をつぐんでしまう。

「まあ、いいや。これで、少なくともてめえが人並みに口が利けるってことだけはわかったわけだ」

五郎吉は両手を腰に当てて、九兵衛に向き直った。

相対すると、九兵衛が大男だということが五郎吉にはよくわかる。どちらかというと五郎吉は小柄な方だが、それにしても、九兵衛は五郎吉よりも頭ひとつ分くらい上背が高く、胸も厚い。もう少し太っていれば、力士にでもなれそうな体格だ。

しかし、別に五郎吉は九兵衛の体の大きさに気圧(けお)される様子もなく、

「おまえ、何をした？」

と訊く。

「……」

九兵衛は黙っている。

「いいか、よく聞け」

五郎吉は九兵衛を睨み据えた。

「わしは、てめえの面倒なんぞ本当はみたくねえんだ。御頭が、仕込んでくれ、と言いなさるから、仕方なく連れてきただけのこった。だが、ふざけた態度を取ってばかりいると、わしも面倒は見切れねえ。てめえなんぞに何の義理もねえのだから、御頭に事情を話して、牢屋敷に戻す。牢屋敷にいるよりはましだ、というくらいのいい加減な気持ちで外に出てきたのかもしれないが、この世界はそんなに甘くないんだ。隙を見付けて、逃げ出そうなんてつもりでいるのかもしれないが、それも止めた方がいい。そんなことをしてみろ。草の根をかき分けても、必ず捜し出して獄門にかけてやる。さあ、この場で覚悟を決めろ。牢屋敷に戻るのか、それともわしについてくるのか？　一緒に来るつもりならば、わしに訊かれたことには正直に答えるんだ。嘘なんかついたら許さないぞ」

五郎吉は目を吊り上げて、九兵衛に言う。

九兵衛がどういう事情で牢屋敷に入ったかということのあらましを、五郎吉は大久保半四郎から聞かされて知っている。

しかし、五郎吉は、九兵衛自身の口から語らせようと決めている。

同心の手先として使われる者など、元々はすねに傷のある悪党上がりばかりである。中には狂犬のような手合いもいる。甘い顔をしてつけ上がらせると、いきなり牙を剝いて、嚙みつかれたりする。最初に、誰が主人なのかということをしっかりと思い知らせておかないと、後々、自分が怪我をすることにもなりかねないのだ。

五郎吉が睨んでいると、

「喧嘩だ……」

と、九兵衛がつぶやく。

五郎吉が尚も黙っていると、九兵衛はぽつりぽつりと火付盗賊改に捕縛されることになった事情を語り始める。

九兵衛は、さる旗本屋敷で中間奉公をしていたという。一年年季の渡り奉公を勤めていたというのだ。

奉公先は、口入れ屋で斡旋してもらうのだが、武家、商家を問わず、奉公人を世話するに当たっては、請人による身元保証が必要である。

しかし、江戸の人口が膨張するに連れて、慢性的な人手不足が生じており、あまりうるさいことをいうと奉公人が集まらない。口入れ屋でも、奉公先を斡旋すれば、雇い主と奉公人の両方から紹介料をもらえるので、多少経歴がいかがわしい者でも、需要に応じてどんどん斡旋する。

そんなことをしていけば、奉公人の質が下がるのは、当然の成り行きであろう。

特に悪賢い者は、旗本屋敷の中間部屋に潜り込む。

中間奉公に旨味があるわけではない。

給金など雀の涙だ。

だが、旗本屋敷には町奉行の手が及ばない。

一種の治外法権といってよいのだ。

江戸時代には、賭博は禁止されていた。

何度となく、禁令が出され、捕まれば処刑された。裏返せば、禁令を出して、罰則を厳しくしても、賭博を根絶できなかったということだ。

しかし、賭場を開くのは命懸けである。

町方が踏み込んで、捕縄されれば、死罪だ。

まさに命懸けなのだが、旗本屋敷の中間部屋で賭場を開けば、その心配はない。

町方が踏み込めないからだ。

伊織が頭を勤める火付盗賊改も、賭博犯には手を出さない。

旗本屋敷で賭場を開いている限りは、安全だったわけである。そういうわけで、旗本の中間部屋には、博徒まがいのごろつきが多く集まることになる。

中間部屋では喧嘩や刃傷沙汰が絶えない。

男たちは昼間から酒を食らい、サイコロを転がす。

酒と博奕とくれば、次には女が欲しくなる。飯時になると、惣菜売りの女行商人が集まってくる。売るのは惣菜だけではない。身体も売る。

乱れきった旗本屋敷もあったものだが、概して、こういう屋敷は、主の行状も乱れているのが普通である。いくら何でも、自宅で賭場が開かれているのに気付かないほど、間が抜けた旗本はいない。中間部屋の頭から、毎月届けられる「場所代」が欲しいために、見て見ぬ振りをするわけだ。

この時代、生活に余裕のある旗本は悪所に通って、憂さを晴らす。戦争がなくなって、いわば飼い殺しにされているわけだから、毎日、暇を持て余しているからだ。

悪所に通うぐらいは普通だが、贅沢な楽しみとして美しい小草履取りを侍らせるというのが流行っている。

年齢の頃は、十五、六ばかり。

顔立ちが美しく、まだ前髪が残っているような美童に絹の小袖を着せ、唐木綿の高価な袷を着せて連れ歩くのが、洒落ていたという。

夜には伽の相手をさせる。男色である。

九兵衛が奉公していた屋敷にも、音松という美童が主人の愛玩動物のように養われていた。

この屋敷の主人というのが遊び人で、旗本仲間に誘われれば吉原にも足繁く通う。両刀遣いというわけだ。

従って、留守がちである。

中間部屋の頭を勤めていたのは、熊蔵という毛むくじゃらの大男で、そもそも見た目が熊のようだから、熊蔵と名乗るようになったという男だ。本当の名前は九兵衛も知らないという。

部屋頭ということは、賭場の胴元ということで、そこそこに顔の売れた博奕打ちである。この熊蔵が音松に懸想した。

傍から見れば笑い話だが、熊蔵は本気だった。

主人が出かけるのを待って、音松の尻を追いかけ回す。

音松は熊蔵を毛嫌いしていた。

熊蔵があまりしつこいので、

「殿様に言いつけますよ」

と脅すと、

「おまえを殺してわしも死ぬ」

と開き直った。

音松は閉口した。

殺されては元も子もないから、仕方なく、熊蔵から逃げ回っていたが、とうとうある日、土蔵に追いつめられてしまった。泣いても叫んでも誰も助けに来ない。見て見ぬ振りをしているのだ。

土蔵から音松の悲鳴が響き渡る。

やがて、入り口から全裸の音松が飛び出して来た。隙を見て、逃げ出したらしい。その後ろから、血相を変えた熊蔵が、ぬめぬめと光る男根をそそり立たせて追いかけていく。

「まちやがれ、この野郎！」

熊蔵は、興奮のあまり頭に血がのぼっている。

中庭で音松に追いつくと、ひ弱な音松に馬乗りになり、顔面を殴打し始めた。仲間たちの前で、みっともない姿をさらしてしまった怒りを音松にぶつけたのだ。

音松は何の抵抗もできずに、ひいひい泣くばかりだ。

やがて、熊蔵は、

「ふざけやがって……」

と、つぶやくと、顔面が血膨れした音松の体をひっくり返した。意趣返しにみんなの前で、音松を犯そうというのだろう。

そこに、たまたま、九兵衛が行き合わせた。

九兵衛は用人の使いで外出しており、ちょうど帰ってきたところだった。

九兵衛は最初、他の者たちと同じように、黙って通り過ぎようとした。

ところが、ふと、音松と目が合ってしまったのだという。

人形のように美しかった音松の顔は、血にまみれて醜く変形していた。音松は、さんざん殴られたせいで腫れ上がった顔を九兵衛に向けると、涙の溜まった目で哀願するように九兵衛を見た。気がついたときには、九兵衛は熊蔵を池に放り込んでいたという。そして、九兵衛は、音松を抱え上げてその場を立ち去ったというのだが……。


それまで、黙って九兵衛の話に耳を傾けていた五郎吉が、

「その仕返しをされたってわけか？」

と訊く。

「はい」

九兵衛は素直にうなずく。

「ふうむ……」

五郎吉が半四郎から聞いたところでは、気負い組の暴れ者たちが、美しい小姓を争って立ち回りを演じたということだった。

しかし、仲間の前で大恥を掻かされた熊蔵が、九兵衛を襲ったというのが真相だと

すれば、むしろ、九兵衛は被害者といえる。

「なぜ、それを申し上げなかった？」

今、五郎吉に話したことを半四郎なり、吟味与力なりに伝えれば、少なくとも九兵衛が海老責めに掛けられるようなことはなかったはずだ。九兵衛が言ったことが本当かどうかは、音松を呼んで、調べればわかることだからだ。

「……」

九兵衛は口を閉ざしてうつむく。

（こいつも人に言えない過去を持つ男か……）

吟味されるままに答えていたのでは、いずれ口にできないことを問われるかもしれない。そんなことになるくらいならば……と覚悟を決めて、貝のように口を閉ざしていたのではないのか、と五郎吉は推測した。

そもそも、部屋頭の熊蔵を、一瞬のうちに池に放り込むほどの男が、渡り中間奉公をしているのが、五郎吉には納得できない。話し方もしっかりしているし、話の筋道も通っている。頭がよいのであろう。太刀を持って襲いかかってきた熊蔵と立ち回りを演じたというのだから、剣術の心得もあるのかもしれない。

（何者なのだろう……？）

五郎吉はそれが気になったが、少なくとも九兵衛が粗暴な人殺しの類でないことはわかった。

(仕方ないな……)

五郎吉は九兵衛を預かる気持ちになっている。

「行くぞ」

「え？」

「いつまでも、ここに突っ立ってるわけにもいくまい。わしの家は長谷川町だよ。もたもたしてると、日が暮れちまうぞ」

五郎吉は先になって、歩き出す。

背後から、九兵衛が地面を踏む音が続く。

(それにしても……)

五郎吉は思った。

(人を見る目は確かだ)

九兵衛には見所がある、と見抜いた伊織の眼力に感心したのである。

第三部　闇の奥

一

縄暖簾(なわのれん)を潜って店に入ってきた客に、

「いらっしゃい」

と、由利は元気よく声をかけたが、客の顔を見て、

「あっ……」

と声を上げて、相手を凝視する。

その客は、中山伊織だったのだ。

最初、由利の裏店(うらだな)を伊織が訪ねてきたときには、

（気負(きお)い組の仲間ではないか？）

と、伊織の正体を疑った由利だったが、伊織が立ち去った後、

「あれは火付盗賊改の頭・中山伊織さまだぞ」

と教えてくれる者がいた。

定期的に裏店に顔を見せる青物売りがたまたま道ですれ違った伊織に気付いたのだ。この青物売りは小伝馬町の牢獄に商いに出向くこともあって、伊織の顔を見知っていたという。

（火付盗賊改……）

と聞いて、由利は顔色が変わった。

火付盗賊改がいかに恐ろしい存在であるかということを由利も耳にしていたからだ。一旦、嫌疑をかけられたが最後、牢獄に引っ張っていかれて厳しい拷問にかけられるという噂だ。火付盗賊改方の頭といえば、江戸の庶民にとっては、もはや人というよりは、

「鬼」

のようなものだといっていい。

その「鬼」が何のために裏店などにやってきたのか？

まさか、伊織の気まぐれのせいだとは由利にはわからないから、

（どうしよう……？）

不安で夜も眠れなくなったほどだ。自分はどうなっても構わないが、父の市郎兵衛

に何かあったらと思うと、心配でたまらないのであった。

ようやく伊織の訪問を忘れかけていたときに、突然、伊織が「源七」にやってきたのだ。由利が驚いたのも無理はない。

由利がぼんやりと突っ立っているのを訝しんだのか、

「どうしたい、お由利坊？　知り合いかい？」

と、六衛門が訊く。

店が立て込んでくるのは、職人たちが仕事を終えて引き上げてくる夕方からなので、まだ客は少ない。六衛門は酒を飲みながら、客と将棋を指しているところだった。酔いが回っているせいか、それとも将棋がうまく指せているせいなのか、六衛門は機嫌がよさそうな顔をしている。

「知り合いってわけじゃ……」

由利は口ごもる。伊織を何と紹介したものか見当がつかない。

由利が困惑していると、

「なあに、お由利の知り合いってわけじゃねえんだ。親父さんの方の知り合いでね。ここの酒はうまいっていうから、ちょっと寄ってみたってわけよ」

と、伊織は丸太に腰を下ろす。

大小を差してはいるものの、格式張らない格好をしているから、六衛門も、まさか

この男が火付盗賊改の頭であるとはわかるはずもなく、

「ああ、そうですかい。市郎兵衛さんのお知り合いですかい。お由利坊はよく働いてくれていると、市郎兵衛さんに会ったときにでも伝えておいて下せえよ。わしは腰が悪くてねえ。立ち仕事が辛いもんだから、すっかりお由利坊に頼りっぱなしってわけでしてね……」

と調子のいいことをぺらぺらとしゃべる。

伊織は、にこにことうなずきながら、店の中を見回す。

「おい、勘助。お由利坊の大切なお客さんだ。酒と肴を持ってこい。うまいものを用意するんだぜ」

六衛門が厨房に声をかけると、勘助が顔を出し、

「お由利のお祝いってわけだな……」

へへへっと笑い、

「それ、お祝いだ、お祝いだ」

と、つぶやきながら、肴の支度を始める。

由利が仏頂面で伊織に酒を運ぶ。

ところが、六衛門が、ひょいと銚子をつまみ上げ、

「お由利坊よ、親父さんのお知り合いに、何も濁り酒を出すことはないだろう？　お

い、勘助、諸白を出しな」

「はいよ」

勘助が諸白酒を注いだ銚子を厨房から差し出す。

「ほう、諸白があるのかい？」

「ええ、こんなちんけな店でも、中には口にうるさいお客さんがいましてね……」

えへへへっと六衛門は笑う。

「お近付きのしるしに、最初の一本はわしの奢りってことにさせてもらいますよ」

「そいつはすまねえな。しかし、そこまでされたんじゃ悪いから、気持ちだけもらっておくよ」

伊織が遠慮する。

「なあに、いいんですよ」

六衛門は何本か歯が抜けている口を開けて笑うと、

「わしの奢りといっても、お代はこっちの将棋名人が払うことになるでしょうよ」

将棋盤を睨んでいる職人風の男を横目で見る。

「まだまだ勝負はついてねえぞ」

その男は、独り言のようにつぶやく。

「ああ、そうかい、そうかい。いくらでも考えるがいいやね」

　六衛門は由利を見ると、

「お由利坊、お酌して差し上げな」

　と声をかける。

「でも……」

「どうせ暇なんだからよ」

「見付けた！」

　六衛門の将棋の相手が駒音高く、盤上に駒を置く。

「ようやく指したかよ」

　六衛門は将棋盤に目を落とす。

　由利は厨房から肴を運ぶと、伊織の隣に坐る。

「どうぞ」

　銚子を持ち上げる。

「すまないな」

　伊織は、猪口に注がれた諸白を一息で飲み干す。

「こりゃあ、うめえや……」

　思わず伊織がつぶやくと、

「そうでしょう？　灘の諸白にかなう酒はありませんって」

六衛門は自分の手を指すと、伊織を振り返って自慢げに、へへへっと笑う。

「王手」

将棋相手がすかさず駒を置く。

「何だと……」

六衛門は、慌てて盤上に目を戻し、指された手をまじまじと凝視する。

やがて、チッと舌打ちすると、

「これ、ちょっと待ってくれ」

と相手の駒を動かそうとする。

「待ったは許さねえぞ。これで詰みだよ。あんたの負けだ」

「……」

六衛門の顔がみるみる朱に染まってくる。伊織に応対したときの人の好さが嘘のように吹き飛んでいる。

「これで二分の勝ちだな」

相手が笑うと、

「面白くもねえ！」

六衛門は盤上の駒を手でかき回す。

「そんなことしたって、負けは負けだぜ」

「うるせえな！　わかってるよ」

懐から金の小粒を取り出すと、叩き付けるように盤の上に置いて立ち上がる。

「何だか気分が悪くなってきた。勘助、二階でひと眠りしてくる。後は頼んだぜ」

くそったれめが、と捨て台詞を残して、六衛門は二階に上がっていく。

「負けると、いつもああだからな……」

将棋相手はぶつくさ言いながら勘助に勘定を払うと、つまらなさそうな顔で店を出ていく。

勘助は厨房に引っ込んでいるので、店には伊織と由利が残される。

由利は、居心地悪そうにもじもじしながら、

「どうぞ」

と強張った顔で伊織に酒を注ぐ。

「ああ……」

伊織は、生返事をしながら酌を受ける。

目の前で起こったことを反芻していたのだ。

六衛門と相手の男は将棋を指していた。

ただの将棋ではない。

金を賭けていた。

つまり、賭博だ。

徳川の世で賭博は御法度である。

しかも、罪は重い。

常習犯は死罪、軽くても流罪と決まっている。

たかが将棋、で済むことではない。現に伊織の目の前で賭け金の授受が行われたではないか。

伊織は火付盗賊改の頭である。

盗賊やならず者、火付けを捕らえることが本来の職務ではあるが、職務の内容が厳密に規定されているわけではない。大雑把にいえば、幕府の治安を揺るがす事柄すべてに目を光らせているのだ。

従って、盗賊以外にも、火付けであろうが、博徒であろうが、幕法を犯す者はすべて火付盗賊改の取り締まりの対象となる。二人が賭け金の受け渡しを行ったとき、伊織は反射的に腰を浮かしかけた。それを思い留まらせたのは、隣に坐る由利の存在であった。

六衛門を縛ることは簡単だ。

しかし、そうなればこの店は、当然ながら営業停止になる。六衛門の孫だという勘助も、連座して捕らわれることになる。下手をすると、賭けが行われていることを知っていたのにお上に通報しなかったという咎で、由利がお縄になる可能性もある。そのことが伊織を思い留まらせたのだ。

ふっと息を吐くと、

「おとっつあんの具合はどうだ？」

伊織が訊く。

六衛門の賭け将棋は、見なかったことにすると決めたのであろう。

「よくありません」

由利は首を振る。

「気負い組にやられた怪我か？」

「それもそうですけど……」

由利はうつむいて唇を噛む。

市郎兵衛が肺病だということを、伊織は大久保半四郎から知らされている。

この時代、肺病は死の病だ。遅かれ早かれ、死がやって来るのは避けられない。そのことを由利も承知しているのだろう。

伊織は話題を変えることにした。

「おとっつあんは、やっぱり蠟燭職人なのかい？」

江戸においては、同じ職業の者は、同じ地域に集まって住むことが多い。蠟燭町の百目長屋に住む市郎兵衛を、伊織が蠟燭職人と推察しても不思議ではない。

「わたしが小さい頃はそうだったんですけど、だんだん無理がきかなくなってきて……」

「蠟燭を作るってのも、結構大変らしいものな」

「ええ」

由利はこっくりとうなずく。

蠟燭を作るには、まず蠟の原料である晒蠟を作ることから始めなければならない。ハゼの実を叩き、更に臼で潰したものを蒸して粉にする。もう一度蒸して、絞って水気を取って固める。これを干して煮たものを固めて、ようやく晒蠟ができる。この晒蠟を熱して、粘り気が出てきたものを灯心に何重にも巻いていく。蠟燭を太くするには、木蠟と油を練ったものを掌で塗り重ねていかなくてはならない。蠟燭を作るというのは、根気もいるし、体力も消耗する作業なのである。肺病で体力が衰えた者に耐えられる仕事ではない。

「腕のいい職人だったんだけど無理もできないから、飴細工売りを始めたんですけど、ここ一年くらいは寝たり起きたりの生活をしてるんで、それもきつくなってしまって」

「そうかい……」

市郎兵衛が働けないとすれば、由利が稼いで一家を支えているのであろう。

「おまえ、いくつだ?」

「十四」

「十四か。ま、世の中、そんなに悪いことばかりではないよ。しっかり、やりな」

伊織は、猪口を置いて立ち上がる。

木卓に銭を何枚か置き、

「これで足りるか?」

と、由利に訊く。

「銚子は旦那さんが奢るって言ってたから、これじゃ多いです」

由利が銭を返そうとするのを、伊織は押しとどめる。

「あの様子じゃ、奢るなんて言ったことをきっと後悔してるこったろうぜ。とっときなって」

「……」

由利はうなずく。

伊織は戸口で振り返ると、

「ああ、これを忘れていたぜ」

懐から白い小さな包みを取り出し、由利に差し出す。

「いりません」

　由利は首を振った。

「うちは貧乏だけど、物乞いじゃないんです。お金ならいりません」

　伊織はにこっと笑う。

（気っ風のいい娘だ……）

　伊織は、由利のこういうところが気に入っているのだ。

「金じゃねえよ。薬だ」

「薬？」

「知り合いに腕のいい医者がいてな。胸の病に効く薬をもらってきた。うちでおとっつあんに飲ませてやれ」

「え……」

　驚いた表情で伊織を見つめる由利の手に薬の包みを握らせると、伊織は後ろも見ずにそそくさと縄暖簾を潜って出ていってしまう。由利に感謝されるのが、照れ臭かったのであろう。

二

「するてえと、その女をわしらの仲間にするというわけですかい？」

　六衛門が藤兵衛に訊く。

「金平があのざまだ。今にもくたばりそうな具合で、こっちが何を言ってもわからないような有様でな。が、こっちに必要なことは、そのお園って女が金平からすべて聞いているのだ。金平が描いた近江屋の図面も持っているし、金の隠し場所も聞いているようだ」

　藤兵衛が答える。

「金は土蔵にがっちりと錠前（じょうまえ）を下ろして、中にしまってあるんじゃないんですかい？」

　勘助が訊く。

「土蔵にも千両箱は積んであるらしいが、その中には銭や金銀の小粒が入っているだけで、小判や大判は別の場所に隠してあるらしい」

「何だって、そんな……？」

　勘助は腑（ふ）に落ちないようだ。

「火事が恐いのだろうよ」

角右衛門がつぶやく。

「千両箱が土蔵と一緒に燃えても困るし、避難している隙に盗人に持って行かれても困るというわけだろう」

「なるほど、大火事が起これば、千両箱のような重い物をのんびり担ぎ出す暇なんかないから、土蔵に置きっ放しになるってわけか。本当に大切なお宝を土蔵に置いておくのは心配だっていうわけだ」

勘助は納得したようにうなずく。

「その女、信用できるのですかな？　金平の女房といっても、わしらは会ったこともない。そんな女を仲間にしてよいものか、どうか」

角右衛門が藤兵衛に訊く。

六衛門と勘助が藤兵衛に顔を向ける。二人も角右衛門と同じ疑問を抱いているのであろう。松蔵だけは話に加わらず、黙々と楊枝を削っている。興味がないのだ。皆が決めたことに松蔵が異論を挟むようなことはない。

「近江屋に押し込むには図面が必要だ。それに金の隠し場所がわからないのでは、そもそも押し込んでも仕方がないだろう。のんびり探しているうちに役人たちがやって来るからな」

藤兵衛は、薄暗い行灯の光の中にぼんやりと浮かび上がっている手下たちの顔をじろりと見回す。

「つまり、お園って女を仲間にしないことには近江屋はやれないってこってすね？」

六衛門が藤兵衛に訊く。

「ああ、そうだ。しかし、みんなが反対だというなら、無理にとは言わぬ。近江屋の件はなかったことにする」

「なぜ、その女を仲間にしなければならんのか納得できませんな。近江屋の絵図面を手に入れ、金の隠し場所がわかればいいだけのことでしょうが？」

角右衛門が言う。

「どういうことだよ？」

六衛門が訊く。

「その女を殺っちまえってことでしょう。ねえ、最上さん？」

勘助が口を挟む。

「女を殺すのは、絵図面を手に入れ、金の隠し場所を白状させてからのことだ」

角右衛門が答えると、

「いやいや、殺すのは、絵図面を手に入れ、金の隠し場所を吐かせ、松っさんに好きにさせてからのことでしょう」

へへへっと勘助は笑い、

「そうすりゃあ、松っさんが女を始末してくれますって。なあ、松っさん」

松蔵に言うと、

「うふっ……」

松蔵は喉の奥で小さく笑ってうつむく。頭の中でお園を強姦する想像でもしているのであろう。

「ついでに、金平も女と一緒に殺っちまうってことかよ？」

六衛門だ。

「金平は関係なかろう。女をどう始末するかを話している」

角右衛門がじろりと六衛門を睨む。どうやら、角右衛門の腹の中では、お園を殺すことは決定されているかのようだ。

「だってよ、金平はその女のために、ふぐりに入墨まで彫ったっていうじゃねえか。そこまで惚れ抜いた女が殺されて、金平が黙っているか？」

六衛門が言うと、

「金平はもう助からぬ、とお頭も言っているではないか」

角右衛門が吐き捨てる。六衛門のしつこさに腹を立て始めたようだ。この男も血の気が多く、気が短い。

皆の話を黙って聞いていた藤兵衛が、

「おまえたちはお園って女を知らない……」

と、ようやく口を開く。

「あの女の扱いを間違えると、とんでもないことになるような気がする。わしはお園から、仲間にして欲しい、と言われたとき、絵図面さえ手に入れてしまえば、さっさと殺してしまおう、と思っていた。最上さんが考えたのと同じことを、わしも最初に考えた。ところが、お園は、わしがそう考えるだろうってことを承知していた。そこで、おもむろに金の隠し場所の話を持ち出した。この場で殺してしまえば、肝心の金の隠し場所がわからなくなりますよ、と逆にわしを脅かしやがったのだ」

「ほう……」

角右衛門の口から声が洩れる。閻魔の藤兵衛を脅すような女がいるということが信じられないのであろう。

「わしが思うに、お園はそうなるってことを、つまり自分が殺されるかもしれないってことを、十分に予期しているに違いない。それに備えて、何か罠を仕組んでいるのじゃないかという気がする」

「なかなか、抜け目がない女だということか」

角右衛門が独り言のようにつぶやく。

「あの女を殺してどうこうというよりは、仲間にする方がいいと思う。金平は助かりそうにないし、金平を手玉に取るくらいの女ならば、後々、役にも立つだろう」

「ふうむ……」

角右衛門は腕組みをして思案する様子だ。勘助と六衛門も口を閉ざしている。盗賊たちはそれぞれの胸の内で藤兵衛の言葉を吟味し、自分の考えをまとめようとしているのであろう。

行灯の光が揺れる。魚油の燃える臭いに惹かれてきたのか、どこからか迷い込んだ小さな蛾が行灯の中で舞っているために、光が揺れるのである。

「わしは……」

最初に口を切ったのは六衛門だ。

「お頭が大丈夫だと言うなら、そうすればいいと思います。金平が死んじまえば仲間を補充する必要もあるわけだし、ちょうどいいじゃありませんか。若い女ってのは、結構役に立ちますぜ。特にきれいな女は」

六衛門は、隣であぐらをかいている勘助に視線を向ける。

勘助は、ごくりと唾を飲んで、

「分け前はどうなるので？」

と訊く。どうやら、勘助は腹の中で算盤を弾いていたようだ。

「分け前はいつもと変わらない。金平の代わりにお園が入るってことだから、金平の取り分をお園に回す。おまえたちの取り分は変わらないってことだ」

　藤兵衛が答えると、

「それを聞いて安心でさあ。仲間が増えて、こっちの分け前が減るってのは面白くありませんからね。そんなら、おれは賛成します。近江屋に押し込んじまいましょうや。あそこには大判・小判がうなってるって話だ。指をくわえて見てることはありませんぜ」

　勘助は、へへへっと笑う。

「最上さんは？」

　藤兵衛は角右衛門に顔を向ける。

「稼ぎの前に新しい仲間が入るというのは、何となく気持ちが悪いが、そうしないと押し込めないというのならばやむを得んでしょう」

「するてえと、あとは……」

　藤兵衛は松蔵を見る。

「なあに、松っさんなら賛成でさあ。ここのところ、ご無沙汰だもんなあ。一番うずうずしてるのは松っさんかもしれませんぜ。なあ、手込めの松蔵さんよ？」

　勘助が松蔵に話を向けると、

「……」

松蔵は黙ったまま、こっくりとうなずく。

賛成だというのだろう。

「で、いつやるので?」

勘助が訊く。

「そのことだがな……」

藤兵衛が身を乗り出して口を開いたとき、階下で大きな音がした。

部屋の中に緊張が走る。

一瞬のうちに、藤兵衛は部屋の隅に転がり、勘助は行灯の火を吹き消す。角右衛門は刀を引き付け、いつでも戦える姿勢を取る。勘助も、懐から小刀を抜き出して身構えている。六衛門はじっと息を殺し、松蔵が楊枝を削る音も止んでいる。

盗賊たちの本能のようなものなのであろうか。

藤兵衛がいちいち指図しなくても、盗賊たちは敵を迎え撃つことができる隊形を整えた。これらの一連の動作は、まったく反射的に行われたのである。

暗闇の中に沈黙が漂う。

盗賊たちは、捕り方が階段を駆け上ってくるのを待ち構えた。

しかし、一向にその気配がない。物音も、さっき一度だけ大きな音がしただけで、その後、階下は静まり返っている。

「勘助」

藤兵衛が低い声でつぶやく。

勘助は返事もせずに部屋を出ていくと、そろりそろりと階段を降りていく。

三

市郎兵衛が箸を落とし、背中を丸めて、苦しげにごほごほと激しく咳き込む。

「おとっつあん、大丈夫？」

由利は慌てて立ち上がると、市郎兵衛の背後に回り、背中をさすってやる。

しばらくすると、ようやく咳が収まってきた。

「ううっ、てにゅぐいを……」

市郎兵衛は両手で口を押さえているので、意味が不明瞭だ。

「え、何……？」

由利は市郎兵衛の手元を覗き込んで、息が止まりそうになる。

市郎兵衛の両手に、べっとりと血がこびりついているのだ。赤いというよりは、黒っぽく濁った色合いの毒々しい血が市郎兵衛の両手にヒルのようにこびりついているのである。市郎兵衛は、手拭いをくれ、と言いたいらしい。由利は、黙って手拭いを差し出す。衝撃の大きさに打ちのめされて、口から言葉が出てこない。

今までも市郎兵衛が吐血したことは何度かある。

しかし、今夜の吐血は、

(今までとは違う……)

と、由利は直観的に悟った。

ここ十日ばかりで市郎兵衛の体力が目に見えて落ち、体重も減っていることを、由利は秘かに気に病んでいたのである。

そこに、この吐血だ。

(これは、ただ事ではない……)

市郎兵衛の生きる力が日毎に流れ出て、失われていくのがわかるのだ。

(死んじゃ嫌だ……)

言葉を発すれば、涙がこぼれそうな気がした。

市郎兵衛は、手拭いで手と口を拭うと、

「すまねえな……」

と力無く由利に微笑む。

「え?」

「せっかく、おまえがこしらえてくれたものを……」

箸を落とし、激しく咳き込んだときに、市郎兵衛は手に持っていたお椀(わん)をひっくり返してしまった。そのお椀には、由利が作った雑炊(ぞうすい)が入っていたのだが、市郎兵衛はまだほとんど口をつけていなかったのである。

その雑炊には、

「精がつくらしいから……」

と鶏卵(けいらん)まで落とし、魚肉もふんだんに入れてあった。滅多に口にできないような豪華な食事といっていい。伊織が見舞いに置いていった金の小粒で材料を揃えたのだ。

「いいの。まだ、あるんだから、気にしないでゆっくり食べてちょうだいな……」

由利は、こぼれた雑炊をお椀に拾い集めながら、

(泣くもんか……)

と唇を噛みしめる。堪(こら)えようがなく溢(あふ)れてくる涙は、市郎兵衛に見えないように、そっと袖で拭う。

「わしはもういいよ。おまえが食うがいい。おまえだって疲れてるだろうし、腹も減ってるだろう」

「わたしはいいの。おとっつあんのために作ったんだもの」

「わしは食えねえや。腹も減ってねえし、飯を飲み込むのも億劫なんだ。悪いけど、

横になりてえ」

市郎兵衛は、傍から見ても疲れ切った様子で、布団に横になる。

そんな父親の姿を見ていると、

（死んじゃう……）

いくら打ち消そうとしても、市郎兵衛に死が訪れる日が遠くないということを、思い知らされるような気がするのだ。

「あ」

由利はハッとした。

「どうしたい？」

市郎兵衛が黄色く濁った目を由利に向けた。

「薬……。薬をもらったの」

「薬だって？　何の薬だね？」

「胸の病によく効く薬だっていうの。確か、ここに……」

由利は胸元を探る。

ない。

おかしい。

確かに、ここに……。

そこで由利は思い出した。

夕方、店が立て込んできて、目が回るほど忙しくなった。六衛門は、賭け将棋に負けて、ふてくされて二階に上がったまま一向に降りてくる気配がない。

厨房には勘助一人だ。

手が足りなくなって、一時、由利が勘助の手伝いをした。

あのとき……。

焼き物や汁物を扱っているときに、薬の包みを網の上や鍋の中に落としてはいけないと思い……。

(棚の上だ……)

食器を並べてある棚の上に薬の包みを載せたのだ。

そのまま薬を置き忘れて、帰ってきてしまったのである。

「わたし、ひとっ走り行ってくる」

由利は立ち上がる。

「もう遅いよ。明日でいいじゃないか」

「平気よ。まだ町木戸も閉まっていないし、明るい道を通って行くから」

由利はとても明日まで待てなかった。薬を飲ませるのが遅れれば、その分、市郎兵衛の死の訪れが早まるような気がする。

「行ってくる」

由利は長屋の暗い小路(こみち)を駆け出した。

四

勘助は、猫のように敏捷(びんしょう)だ。まるで体重がないかのように、足音も立てずに階段を下りることができる。

しかも、すばしこい。

階段を下りると、その場に蹲(うずくま)って様子を窺(うかが)う。

息を殺し、耳を澄ます。

(誰かいる……)

厨房に人がいる、とわかった。

三和土(たたき)を踏む音が、微(かす)かに聞こえる。

相手も音を立てまいと注意しているようだ。

しかし、

(素人(しろうと)だな……)

と、勘助にはわかる。

素人がいくら注意深く動いたところで、足音を完全に消すことはできない。勘助のような玄人(くろうと)の研ぎ澄まされた耳をごまかすことはできないのだ。

勘助は、そろりと立ち上がる。

小刀を逆手(さかて)に持っている。

背後から近付いて、喉笛を切り裂くつもりだ。

厨房に入る。

そこから裏口に通じている。

足音はそちらから聞こえる。

こっそりと裏口から逃げるつもりらしい。

勘助は、

(けちなこそ泥だろう……)

と思った。

この「源七」という縄暖簾が、まさか盗賊の巣窟(そうくつ)であるとは夢にも知らずに忍び込んだ馬鹿な泥棒に違いないと思って、勘助は腹の中で笑う。

裏の戸が音を立てないように少しずつ引かれる。

外には月が出ているらしい。

戸口から月明かりが射し込んでくる。

立て付けが悪いので、ぎしっと戸が音を立てた。

（それ、お祝いだあ！）

勘助はそれが合図ででもあるかのように、腹の中で決まり文句を叫びながら、こそ泥に襲いかかる。

左手で相手の口を押さえ、右手に持った小刀で喉笛をかき切るのだ。勘助にとっては、手慣れた作業だ。

何の迷いもない、はずだった。

ところが……。

小刀を引こうとして、勘助がほんの一瞬ためらったのは、こそ泥が思いの他に小柄で、しかも背後から密着させたときに相手の体の柔らかさを感じたせいだ。

（女か……）

次の一瞬、月光がこそ泥の顔を照らす。微かな青白い光だが、勘助にはそれだけで十分だった。

「お由利坊……」

勘助の口から驚きの声が洩れる。由利の口から左手を離す。由利は、勘助の腕の中から逃れると、苦しそうに喉を押さえながら、

「ごめんなさい。忘れ物をしたもんだから……」

と絞り出すように言う。

「おまえ……」

「ごめんなさい」

由利は戸を引くと、外に走り出る。

追いかけようと思えば、すぐに追いつくことができただろうが、呆然(ぼうぜん)として由利を見送ることしかできない。勘助が外を覗いたときには、由利は表通りに出たところだった。

(何だってこんな時間に……)

勘助が首を捻(ひね)りながら二階に戻ると、

「どうした?」

藤兵衛が訊く。

「へえ、それが、うちで使ってる小女(こおんな)が忘れ物を取りに戻ったらしいので」

勘助が答える。

「由利がか?」

六衛門も驚いたようだ。

「始末しなかったのか?」

角右衛門が咎(とが)めるような口調で言う。

「始末するも何も、こっちが驚いちまって……」

「信用できるのか？」

　藤兵衛が訊く。

「へえ、その点は心配いりません。近頃、珍しいくらいのいい娘です」

　六衛門が由利を庇うように言う。

「爺さん、人のいいことを言うじゃねえか。ひょっとしてその娘に惚れてるのか？」

　角右衛門がからかうように言うと、

「馬鹿じゃねえのか。由利はまだ十四なんだよ」

　六衛門が腹を立てる。

「ふんっ、鱠の六衛門が人並みのことを言うとは、驚きだ。だが、お頭、その娘にさっきの話を聞かれたかもしれませんぞ。放っておいて、大丈夫ですかな？」

　角右衛門が藤兵衛に訊く。

「ふうむ……」

　藤兵衛は思案する様子だ。

「勘助、明かりをつけな」

「へい」

　火打ち石を打つ音がして、やがて行灯に明かりが灯る。

「何かを聞いたとしても、まさか、ここで始末するってわけにもいくまいよ。その娘がこの店で働いてるってことは知られているわけだからな。まあ、六衛門が、大丈夫だ、信用できるというのなら、その言葉を信じてもいいのだが、稼ぎを控えているときだ。用心するに越したことはないだろう……」

そう言って、藤兵衛は勘助にいくつかのことを命じる。

「へい、承知しました」

勘助はうなずく。

それでこの夜の会合はお開きになるはずだったのだが……。

突然、

「ところで、お頭」

と、角右衛門が言い出した。

「新しい仲間を加えるという話のついでだから、言わせてもらいたいのだが」

「何だ？」

「分け前のことなのだが」

「分け前がどうした？」

「取り分を改めてもらえませんかな」

「……」

藤兵衛は目を細めて角右衛門を見る。

「どういう風に改めろというのだ？」

藤兵衛一味の稼ぎの分配は、頭の藤兵衛が五割を取り、残りを手下たちの頭数で公平に分けることになっている。藤兵衛が極端に多いように思えるが、自分の取り分から亀右衛門に分配しているし、大坂にも手下を抱えたりしているから、実際の取り分はそれほど多いわけではない。

もっとも、亀右衛門にしても、大坂の手下にしても、江戸の手下たちはその存在すら知らされていないから、角右衛門が腹の中で藤兵衛の取り分の多さを苦々しく思っていたとしても不思議ではない。

「今のやり方は、どうも不公平な気がする」

と、角右衛門は言うのだ。

「お頭の取り分がどうこうというのではない。それ以外の分配の仕方が気に入らん」

「何が悪いってのだ？」

「実際に押し込みをして危険な目に遭う者と、留守番をしているだけの者の取り分が同じというのは、おかしいのではなかろうか？」

「何だと！　そりゃあ、わしのことか」

六衛門が気色(けしき)ばむ。

角右衛門は六衛門の言葉を否定せず、口元に笑みを浮かべて、

「それに松蔵も金など必要ありますまい。女を好きにさせればいいだけのことだ。どうだ、松蔵？」

と訊く。

松蔵は、角右衛門の言うことがわかっているのかいないのか、薄笑いを浮かべているだけだ。

「勝手なことを言いやがって！」

六衛門は、顔を真っ赤にして体を震わせる。

「そう言われてみると、最上さんのいうことも一理あるかもしれない……」

勘助が角右衛門に同調する構えを見せる。

「みんなが同じってのは変だ。たくさん働いた者がたくさんもらっていいはずだ」

「勘助、てめえ！」

六衛門は、今にも顔から血が吹き出しそうなほど興奮している。放っておけば、この場で殺し合いが始まりそうな雲行きだ。

「やめねえかい」

藤兵衛が割って入る。

「分け前をどうするかは、わしが決める。おまえたちに口出しはさせねえ。が、一

応、最上さんの意見は耳に入れておこう。だが、近江屋は今まで通りのやり方でいく。それで、いいな?」

角右衛門と勘助は顔を見合わせたが、ここで藤兵衛に逆らうのは得策ではないと考えたのか、

「ま、お頭に任せましょう」

と、角右衛門が言い、勘助もうなずいた。

五

(こんなに狭い土地だったか……)

五郎吉は、大人の腰のあたりにまで雑草が生い茂っている空き地を見つめて、

(人の記憶なんて、当てにならねえな……)

と思った。

日本橋・伊勢町は、町の北は塩河岸、南は米河岸と称され、全国から運ばれてくる様々な物産の荷揚場になっている。縦横に交差する堀川に沿って、米や穀物、乾物などを納める蔵がびっしりと建ち並んでいる。米問屋が多いが、他にも茶や線香などの問屋が軒を連ねており、終日、人通りが絶えることのない活気のある町である。

その一画に、ぽつんと空き地があるのが、周辺の喧噪（けんそう）にそぐわない感じがする。両脇を乾物問屋と提灯屋に挟まれたこの土地には、一年前まで常陸屋という米問屋が店を開いていた。手広く商売をしながらも堅実な商いをする店だったという。

しかし、常陸屋はもうない。

一年前、まだ松飾りも外していないというときに、盗賊の一味に襲われ、一家皆殺しにされた上、家屋に火が放たれたのだ。常陸屋は全焼し、切り火のために周囲の建物も打ち壊された。

切り火に成功したのは、たまたま、霙（みぞれ）混じりの雨が降るという僥倖（ぎょうこう）に恵まれたせいだ。そうでなければ、大火が発生し、伊勢町は灰燼（かいじん）に帰していたかもしれない。

五郎吉は、常陸屋が燃えるのも目の前で見たし、次の日に焼け跡の検分の手伝いにもやってきた。

（ああ、そうか……）

ようやく五郎吉は合点（がてん）した。

火消したちの手で打ち壊された周囲の家屋は、この一年の間に再建されたに違いなかった。常陸屋が建っていた場所だけが、空き地として残されたのだ。だから、一年前の焼け跡に比べて、空き地が狭いのは当然なのである。五郎吉の記憶違いというわけではない。

「行くか……」

五郎吉は、背後に立っている九兵衛に声をかける。

「……」

九兵衛は黙ったままうなずく。

無口な男だ。

伊織に、

「常陸屋の件を洗い直してもらいたいのだ」

と命じられた五郎吉は、

（もう一度、初めから調べ直すのだ……）

という気持ちで、すべての始まりであるこの場所にやって来た。先入観を持って取り組んだのでは一年前と同じように袋小路に入り込んでしまいそうな気がしたので、気持ちを新たにしたかったのである。

ここに九兵衛を伴ってきたのは、

「なかなか見所のある奴だから、こいつを仕込んでやってくれ」

と、伊織に頼まれたからだ。

五郎吉には手下が何人かいて人手は十分に足りているのだが、まさか伊織の頼みを断るわけにはいかない。伊織の言葉は、五郎吉には絶対的な命令と同じだからだ。九兵衛がすぐに役に立つはずもなかったが、一年も前の事件を洗い直すのに、手下をぞろぞろと引き連れて歩くのも馬鹿馬鹿しいと思って、五郎吉は九兵衛だけを連れてきた。

五郎吉が歩き出すと、九兵衛はその後に従う。

うるさいことを言わないのがいいな、と五郎吉は九兵衛の無口を初めて好ましく思った。十手持ちの手下を初めて勤めるような者は、やたらに興奮して、なんだかんだとうるさく質問ばかりする手合いが多いのだ。

その点、九兵衛は五郎吉の方から質問しない限り、黙っている。

五郎吉は、常陸屋の一件についても、何のために伊勢町に来たのかということについても、九兵衛には何も説明していない。

あちこち連れ回しているうちに、

（勘のいい奴ならわかるだろう……）

くらいに思っている。

別に五郎吉が不親切だというわけではなく、岡っ引きや目明かしが手下を仕込むときは、手取り足取り教えたりはしないものだ。必要な業は、盗んで身に付けるものだ、と五郎吉は思っているし、五郎吉もそのようにして一人前になったのである。

六

「ほう、珍しい客が来たもんだな……」

「ご無沙汰しております」

五郎吉は丁寧に腰を屈める。

「ま、こんな老いぼれのことを今でも忘れずに訪ねてくれるってのは、ありがたいことだよ。年齢を取ると、古い友だちと酒でも飲みながら昔語りをするのが何よりの楽しみだ」

銀次は皺だらけの顔をほころばせて笑う。

「どうだい、上がって一杯やるかい？　それなら支度させるが……」

「いや、今日は……」

「ふふふっ、そうかい。相変わらず御用の筋で忙しいってわけか」

「すみません」

「まあ、いいや。わしだって、そうやって世過ぎをしてきたんだ。お上に十手をお返しして、呑気な隠居暮らしをするようになったのは、ここ半年ばかりのことでね。まだ、そんな暮らしに体が馴染まないものだから、客が来ると嬉しくて仕方ないのさ。

しかし、ここで立ち話ってのも何だから、庭に回ってくんな。ちょうど盆栽をいじっていたところでね。ついでに見ていってくんなよ」

　銀次は下駄を突っかけて外に出ると、玄関先から庭に回る。

（こぢんまりとしているが、暮らしやすそうな家だな……）

　五郎吉はさりげなく、周囲に目を走らせながら、心の中で考えた。この家といい、銀次が身に付けているものといい、地味ではあるものの趣味がよく、金もかかっていそうだ。どうやら日々の暮らしに窮するようなことはないらしい。

　五年ほど前に長年連れ添った妻と死に別れた銀次だが、十手を返上し、しばらく経ってから一回りほど年下の女と再縁したと風の噂で耳にしていた。とすれば、ひとりぼっちというわけでもない。

　銀次は、長年、お上の御用を勤めてきた。町奉行所の同心から手札をもらい、十手を預かっていたのだ。同心が私的に召し使っている者ではなく、きちんと役所に名前が通っていたから、五郎吉と同じように小者ということになる。岡っ引きや目明かしの類ではない。

　江戸という都市は、六割以上が武家地で、ほぼ一割が寺社地になっている。これらの土地には町奉行所の支配が及ばない。町奉行所は、残りの二割程の町地を支配することになる。たかが二割だが、それでも数十人しかいない定廻りの同心だけで犯罪を捜査し、治安を維持できるものではない。

そこに小者たちの出番があるわけだ。

大体、どの町にも同心の手札を持ち、親分と呼ばれるような者が一人はいると考えていい。

　十手を預かっていると、いろいろと旨味がある。

　町の衆からの付け届けも馬鹿にならない。

　一種の利権といっていい。

　従って、彼らは自分の縄張りに手を出されることを嫌う。利権を脅かされることになるからだ。

　伊勢町は町地なので、町奉行所の支配下にある。

　ということは、同心の手札を持った親分がいるということだ。

　以前は銀次の縄張りだった。引退するときに、手先として使っていた者たちに縄張りを引き継がせたが、生憎と五郎吉は彼らと親しくない。それも当然で、町奉行所と火付盗賊改は犬猿の仲なのだ。

　火付盗賊改は、非常警察組織といっていいものだ。

　だから、縄張りなどはない。

　犯罪の臭いを嗅ぎ付けると、

「それっ！」

とばかりに、寺社地だろうが、武家地だろうが踏み込んでいく。

仮に大名家や大寺院の筋から苦情が出ても、

「将軍家、直々のお墨付きがござる」

と開き直るだけのことだ。

誰に憚ることがあろうか。

そこに既存の警察組織との軋轢が生じるのは、当然のことといっていい。

火付盗賊改の小者を勤める五郎吉に親しみを見せる銀次のような存在は珍しい。これは、多分に銀次の性格と五郎吉の人柄によるものだ。二人の間には個人的な友情がある。

伊勢町の縄張りを銀次から引き継いだのは、忠治という男だと五郎吉は知っている。長く銀次の手先を勤めた男だ。

忠治の評判は五郎吉の耳にも入ってくる。

誰もが、

「嫌な奴だ」

と口を揃えて言う。十手を預かる者が、露骨な陰口を叩かれるとすれば、裏で何をやっているのか、五郎吉には大体のところ想像がつく。

その忠治への口利きを銀次に頼みに来た。

事前に根回しをしておかないと、町方と無用の軋轢を起こすことになるからだ。

伊織ならば、

「町方なんぞ気にするな」

と言うだろうが、一年前、常陸屋を襲った盗賊たちを逃がしてしまったのは、火付盗賊改と町奉行所が互いに牽制し合い、足を引っ張り合ったことに大きな原因があった、と忸怩たる思いがある。同じ失敗を繰り返すことだけは避けたい、と五郎吉は心に決めている。

庭先で茶を飲みながら、五郎吉と銀次はしばし世間話に興じた。九兵衛はうつむいたまま手の中の湯飲み茶碗に視線を落としている。

やがて、

「そろそろ要件を切り出したらどうだい、すっぽんの?」

と、銀次が言う。

「え?」

「遠慮するなよ。昔馴染みを懐かしがって訪ねてきてくれたとすれば、こんなに嬉しいことはないが、加役の十手を預かるおめえさんがそんなに暇を持て余しているとは思えないものな。何か用があったんだろう? そんなに言いにくいことなのかい?」

銀次は人の好さそうな顔で五郎吉を見つめる。いかにも好々爺といった雰囲気だ。

そんな銀次を見て、

（わしもこうなりたいものだ……）

と、五郎吉は思う。

銀次とて、現役の頃には犯罪者たちから恐れられ、銀次に睨まれると大の男の金玉が縮み上がったと言われるほどだ。

だが、今の銀次にはその頃の面影は残っていない。どうやら、十手持ちが夢に描くような穏やかで優雅な隠退生活を送っているようであった。

それは、なかなか容易なことではない。

お上の権力を笠に着る十手持ちが金を溜めることはさほど難しいことではないが、そうすると町の衆の恨みを買う。十手を預かっている間こそ、町の衆は憎悪を表に出すことはないが、一旦、十手を返上してしまえば話は変わる。威張り散らして悪業を為した報いを受けることになるのだ。恨みを買わずに隠退することもできないではないが、そうするとその後の暮らし向きが苦しくなる。十手持ちが、平穏で、なおかつ裕福な余生を送ることが難しいのはそのせいであった。

他ならぬ五郎吉自身が今現在そういう問題に直面している。銀次を羨むのは無理もないことであった。

（家庭も円満なようだし、これで息子さんとの仲がうまくいけば言うことなしなんだろうが……）

銀次の後添えとは、先程、お茶を運んでくれたときに顔を合わせた。おとなしそうな女だ。どういう素性の女なのか五郎吉は知らず、銀次も語ろうとはしなかったが、少なくとも二人の間に深い愛情が通っていることははっきりと感じられた。

銀次には息子が一人いる。

その息子が父親の稼業を嫌い、早くに家を出たことを五郎吉は知っている。

そもそも町方の十手持ちである銀次と、火付盗賊改の十手持ちである五郎吉が親しかったのも、二人の年齢が近く、境遇が似ているせいであった。

五郎吉の倅（せがれ）は、まともで平凡な暮らしを嫌い、父親に反発して家を飛び出し、放蕩（ほうとう）三昧（ざんまい）の生活を送っている。銀次が現役であった頃には、居酒屋で酒を酌（く）み交（か）わしながら愚痴（ぐち）をこぼし合ったこともたびたびあった。

もっとも、銀次の息子は五郎吉の倅に比べるとよほどしっかり者で、ぐれもせず、今では一人前の経師（きょうじ）になって店を構えているという。

久し振りに銀次の顔を見た五郎吉は、ついつい、そっちの方向に話題を持っていきたくなってしまう。

しかし、

（いやいや、今日は御用の筋で来たのだった）

と、五郎吉は思い直し、

「実は……」

と、おもむろに要件を切り出した。

常陸屋の一件をもう一度調べ直してみたい、そのために伊勢町で聞き込みをすることになるから、伊勢町を縄張りにしている忠治親分への口利きを頼みたい、ということを五郎吉は述べる。

両手で包み込んだ湯飲みを、背中を丸めて臍のあたりで回しながら、

「ほう、常陸屋ねえ……」

視線を落としたまま、銀次はそうつぶやくと、ゆっくりと茶を飲む。

「何だって、そんなことをするのだね？」

ちらりと銀次は五郎吉の顔を盗み見る。

「いや……」

五郎吉は掌で額を軽く叩きつつ、

「近頃は体も利かなくなってるし、御用の筋で出歩くのも辛くなってるんですよ。そろそろ十手をお返しする潮時かと思ってるんですが、あの常陸屋の事件がどうにも気になりましてね。喉に刺さった魚の小骨のようなもので、何とも後味が悪いんです

よ。それで御用納めに、自分が納得できるまで調べ直してみたいと思ったわけでしてね……」

と説明する。

「本当にそれだけかね？」

銀次が五郎吉を正面から見据える。

一瞬、銀次の人の好さが消え、眼光の鋭さが戻ったように五郎吉には思える。

「ええ」

五郎吉はうなずく。

「一年も前のことを今更調べようなんて酔狂な者はわしくらいのものですよ。潮時かと思うからこそ、思い立ったようなわけでしてね。他に理由はありません」

「ふうむ……」

瞬きもせずに、銀次は尚も五郎吉を見つめるが、ふっと剣呑な目の光が消え、元のように人の好い微笑みを浮かべている。

「世のため、人のためと思って十手を預かってはいても、なかなか思うようにいかないこともある。あんたの気持ちはわかる。わしだって、今でも苦々しく思い出すような事件がたくさんあるからな。手札と十手をお返しすれば、随分と気も楽になり、せいせいするだろうと思っていたが、かえって淋しくなることもある。好きにすればいいいさ。忠治には言っておくから、気の済むまで調べたらいい」

「すみません」

　五郎吉は頭を下げる。

「なあに、気にすることはねえやな。そもそも、加役の十手を預かっているのだから、御番所の十手持ちのことなど少しも気にすることはねえのに、わざわざ挨拶に来るってのがあんたの律儀なところだよ」

「とんでもない」

「なあ、すっぽんの」

「へえ？」

「十手をお返ししたら、ゆっくり訪ねて来てくれよ。年齢を取ると、何だか妙に淋しくってなあ。昔語りをしようにも、素人相手に迂闊なことも口にできないし、女房相手に愚痴をこぼしたり、つまらないことで癇癪を起こしたり、どうでもいいようなことにかまけているうちに日が暮れちまうような毎日でなあ。結局のところ、十手持ちの気持ちってのは、十手持ちにしかわからないからよ。あんたとだったら、たとえ愚痴をこぼすにしても、気持ちのいい酒が飲めるような気がするんだよ」

「はい」

　五郎吉はうなずき、

「必ず寄らせてもらいます」

「ああ、その日を首を長くして待ってるぜ」

「……」

傍から見れば何不自由のない安穏な余生を送っているように見えても、当の本人がそれに浸りきって満足しているとは限らないし、案外、そういう生活に物足りなさを感じ、暇を持て余してしまうのかもしれない……五郎吉は、ふっとそんなことを考え、銀次の孤独を垣間見たような気がした。

七

忠治は、見るからに嫌な奴だった。

「こりゃあ、すっぽんの親分じゃありませんか」

と、五郎吉と九兵衛を座敷に上げたまではよかったが、長火鉢(ながひばち)の向こう側に足を投げ出して坐り込むと、莨盆(たばこぼん)を引き寄せて、莨を喫(の)み始めた。

しかも、そっぽを向いたままだ。

五郎吉と九兵衛には顔も向けない。

自分は湯飲みに入れた茶を飲んでいるが、五郎吉に茶を出す気はないらしい。

いかにも、

（何しに来やがった……）

という態度を現している。

忠治が、

「とっとと帰れ。加役なんぞに使われてる者の来るところじゃねえ」

と言いたいところを、ぐっと堪えているのは、五郎吉が忠治の親分筋である銀次と親しいことを知っているからであろう。

「何ですかね、わしもそんなに暇ってわけじゃねえんだが……」

忠治は、ふーっと煙を吐き出す。相変わらずそっぽを向いたままだ。

「常陸屋のことなんだがね……」

五郎吉は単刀直入に切り出すことにした。隠したところで、聞き込みを始めればすぐに忠治の耳に入るとわかっているからだ。

「もういっぺん、洗い直したいと思いましてね」

「常陸屋だって？　あの店は去年……」

そこまで言って、忠治は目を細めて五郎吉をじろりと見る。

「何かわかったんですかい？　あんな一年も前のことを今更、ほじくり返そうなんて……？」

「いや、そういうわけじゃないんだ。わしも、もう年齢（とし）だ。そろそろ隠居してえと思っているくらいでね。だが、どうせ辞（や）めるなら、思い残すことなくすっきりとした気持ちで十手をお返ししたいと思っているのさ。あの常陸屋の一件には、どうにもしっくりこないことが多くてね。一年経った今でも、寝覚めが悪いような気がするんだよ。だから、もういっぺん、調べられるだけのことは調べてみようと思うのさ。そうすりゃあ、気が晴れるんじゃないかと思ってね」

「本当ですかねえ……」

忠治は、疑り深そうな目で五郎吉をじろじろと見る。

「何かあるんじゃないんですかい？　加役は抜け駆けが好きですからねえ。今度の頭は、御番所なんざ、屁とも思っていらっしゃらねえようだ」

ふふんっと忠治が笑うと、さすがに五郎吉は険（けわ）しい顔をして、

「言葉を慎（つつし）んだらどうだね」

と、忠治をたしなめる。いくら下手（したて）に出るとはいっても、頭である伊織が愚弄（ぐろう）されるのを黙って聞いているほどの寛大さは五郎吉も持ち合わせていないのだ。

「おっかねえ、おっかねえ。加役の御用を勤める親分に睨まれたんじゃ、おっかなくて夜もおちおち寝ていられねえ。十手を預かる身だといっても、安心できませんや。加役は見境無しだという話ですからね」

「いいかげんに詰まらない軽口を叩くのは止めな。わしは、あんたの縄張りで少しばかり聞き込みをしようと思うので、筋を通すつもりで挨拶に寄っただけだ。聞き苦しい皮肉なんざ、ごめん蒙るぜ」

「ふうん、聞き込みですかい。わしの縄張りでねえ……。さあて、すっぽんの親分が聞きたいことをぺらぺらとしゃべるような奴がいましたかねえ。よそ者に簡単に口を開くような者は滅多にいないはずだが。さて、大丈夫かねえ」

「……」

五郎吉は、腹の中でふつふつと怒りが煮えたぎってくるのを感じる。町の衆に口止めしてやると、忠治は暗に仄めかしているのだ。

「これは、火付盗賊改の御用の筋だ。邪魔しやがると、ただではすまさねえぞ」

と、忠治を怒鳴りつけてやりたかった。

しかし、五郎吉はぐっと堪える。

忠治如きを押さえつけるのは、簡単だ。

十手を預かっているといっても、正規の役人というわけではない。その気になれば、火付盗賊改の力で忠治をお縄にすることも不可能ではない。

しかし、一旦、

「火付盗賊改の御用の筋」

と言ったが最後、それに対抗するように町奉行方が動き出すのは明らかだ。五郎吉が心配しているのは、忠治と事を荒立てることで、町奉行所を刺激することなのだ。そんなことになれば、一年前に起こったことの二の舞を踏むことになる。

（それだけは困る……）

と思うからこそ、五郎吉一人の考えで常陸屋の一件を洗い直したい、と忠治に言ったのである。

五郎吉は怒りをぐっと飲み込んで、

「決して迷惑をおかけするつもりはありません」

と軽く頭を下げる。

「年寄りの我が儘なんで、どうか目を瞑っといて下さいましな」

五郎吉としては、精一杯、辞を低くし、穏便に頼んだつもりだ。

「さあてなあ……」

忠治は煙管を弄びながら、うふふっと楽しそうに笑った。五郎吉に頭を下げられるのは、忠治にとって悪い気分ではないのだろう。

「銀次親分は、好きにするがいい、と言ってましたよ」

九兵衛が唐突に口を開く。

「何だと……？」

忠治の顔色が変わる。

「てめえは黙ってろ！」

五郎吉が肩越しに振り返って、九兵衛を怒鳴りつける。

「何だい、こいつは？」

忠治が五郎吉に訊く。

「仕込んでる最中でしてね。礼儀ってものを知りません。わしから謝ります」

五郎吉が頭を下げる。

「別に謝ることはねえだろう。銀次親分の所に話を通してあるんなら、最初からそう言えばいいじゃねえか。隠居の身とはいっても、銀次親分は、わしの親のようなお人だ。その親分が、いいと言うなら、そうすればいい。それを持って回ったような、ややこしいやり方をしやがって。人をコケにするのもたいがいにしてくんな」

「そんなつもりじゃないんだ」

「うるせえな。もういいから、とっとと帰ってくれってんだよ」

忠治は、不機嫌そうにそっぽを向く。

「そうですかい。お邪魔しました」

五郎吉は腰を上げる。

九兵衛が後に続くと、

「おい」

と、忠治が声をかける。

「おまえ、何て名だ？」

「九兵衛、といいます」

「ふんっ。覚えておくからな」

五郎吉と九兵衛が出ていくと、

「くそ面白くもねえ」

忠治は火鉢に煙管を、ガチン、ガチン、と叩き付けると、

「おい！　誰かいないか」

と大きな声を出して立ち上がる。

「何でしょう？」

若い男が顔を出した。あばた面で、ひどい出っ歯だ。

「おう、三吉か。おまえ、すっぽんの五郎吉を知っているな？」

「へえ」

出っ歯の三吉がうなずく。

「たった今、帰ったところだ。五郎吉に張り付け。五郎吉がどこに行って、誰に会ったかを調べてこい」

「すっぽんの親分が行ったところと、会った者を調べればいいんですね？」

「ああ、ぴったりと張り付いて調べてこい」

「見付かったらどうします？」

「見付かったっていいんだよ。五郎吉は、わしの縄張りで聞き込みをするんだ。見付かったって、構うもんかよ」

「それだけですかい？」

「それだけだよ」

と言ってから忠治は何かを思い付いたらしく、

「ひとつだけな……」

と何事か三吉に命じる。

「承知しました」

と言いながら、三吉がもじもじしているので、

「何だ？」

と、忠治が訊いた。

「ちょいと懐（ふところ）が淋しいもんですから……」

「ちぇっ！」

忠治は舌打ちすると、財布から銭を何枚か取り出す。

三吉は、情けなさそうな顔をして、

「親分、勘弁して下さいよ。ガキの使いじゃありませんぜ」

と溜息をつく。

「うるせえなあ……」

渋々といった様子で忠治は金の小粒を取り出して、三吉に渡す。

「へへへっ、すみません」

「五郎吉のおかげでとんだ散財しちまったよ。出かける前に玄関に塩を撒(ま)いておけ。厄払(やくばら)いだ」

腹立たしそうに忠治は三吉に命じる。

八

「親分」

九兵衛が五郎吉に声をかける。

「あ？」

五郎吉が振り返ると、

「さっきは勝手なことを言っちまって、すみません」

九兵衛が頭を下げた。

「ああ、あれか」

「つい、カッとなっちまって」

九兵衛は神妙な顔付きでうなだれる。

「おめえでも、カッとなるなんてことがあるんだな」

ふふふっと、五郎吉はおかしそうに笑う。

「すみません」

「ま、いいってことよ。忠治の野郎、すっかりいい気になりやがって、ああでも言わないと、埒があかなかっただろうぜ。わしも忠治の態度は腹に据えかねていたところだ。おまえが言わなけりゃ、わしの堪忍袋の緒が切れていただろうぜ」

実際、五郎吉は、九兵衛の差し出口に腹を立ててはいなかった。忠治は、五郎吉の聞き込みを邪魔するようなことを仄めかしたのだ。

放っておけば、

（あいつなら、そうしただろう……）

と、五郎吉は思う。

そんなことをされては、五郎吉も身動きが取れなくなる。忠治に余計な手出しをさせない工夫が必要だった。火付盗賊改の御用の筋だ、と権威をちらつかせるのが手っ取り早いやり方だったが、そうすると町奉行所との軋轢を覚悟しなければならない。

それは避けたかった。

とすれば、銀次の鶴の一声にすがるしかなかったのだ。

銀次が、

「五郎吉の好きにさせてやれ」

と言えば、さすがの忠治も邪魔立てはできないはずだった。

しかし、いきなり、そんなことを言えば、

「人のことを馬鹿にしやがって……」

と、忠治が臍を曲げるとわかっていたから、五郎吉は最初、銀次のことを黙っていたのだ。忠治が、五郎吉の穏便な挨拶に寛容な態度を示してくれれば、無用の波風が立つこともなかったはずだ。

しかし、そううまくはいかなかった。九兵衛が銀次のことを持ち出さなければ、どっちみち五郎吉が口にしなければならないことだったのだ。

「気にしなくていいって……」

と、九兵衛に言ったのは、五郎吉の本心だった。

五郎吉が歩き出すと、

「さっきから若い男が後をつけて来るようですが……」

と、九兵衛が言う。

「ほう、おまえも気がついていたかい？」

五郎吉は振り返りもせず、いつものように自分の足元に視線を落として、とぼとぼと歩きながら、九兵衛に聞き返す。

「忠治親分のところからついてきたようですが」

「あれは、三吉といってな。忠治の手先を勤めている男だ。ひどい出っ歯だから、一目見たら、忘れられない顔だよ」

「いいんですか？」

「何が？」

「ああやって後ろからくっついてこられたんじゃ、親分も聞き込みがしにくいんじゃないかと思って」

「熊蔵をやっつけたみたいに三吉を痛めつけてくれるってのか？」

「いや……」

九兵衛はうつむく。

「銀次親分の手前、表立ってわしの邪魔ができないもんで、忠治にしてみりゃあ、あれで精一杯の嫌がらせをしているつもりなんだろうぜ。あんなのは、放っておけばいいんだ。勝手についてくればいい」

九

五郎吉は、常陸屋の焼け跡の空き地に戻って来た。

「わしが忠治に言ったことはな、あながち嘘でもないんだよ」

五郎吉がつぶやく。

九兵衛は、その言葉が自分に向けて発せられたものと思わず、黙っていた。五郎吉の独り言だと思ったのだ。

ところが、五郎吉が九兵衛を見て、

「なあ?」

と言ったので、初めて五郎吉が自分に話しかけたとわかった。

「はい」

「さっき忠治に言ったろう? 常陸屋の一件はしっくりしないことが多いって。あれは、本当のことなんだ。常陸屋だけじゃない……」

五郎吉は、空き地と乾物問屋の間の小路に足を踏み入れた。歩きながら、九兵衛に話しかける。九兵衛に話しながら、自分の頭の中を整理しているようだ。

「常陸屋が襲われる二年くらい前だが、日本橋南の坂本町(さかもとちょう)の材木商が襲われた」

小路を抜けると、堀に出た。伊勢町には堀川が縦横に走っている。日中は、諸国の物産を積んだ船が行き交い、河岸に並ぶ蔵に荷揚げしていくのだ。

底に泥がたまり、水面に塵や芥が浮かんでいる濁った水面を見下ろしながら、

「和州屋という店だったが、材木を商う店だから、普段は店に大金を置くことはなかったんだ。しかし、年の暮れに掛け売りを集金し、翌日には出入りの商家に自分の店の掛けを支払うというその一日だけは千両箱に小判がぎっしりと詰まっていた。その前でも、後でもねえ、たった一日だけだ。和州屋は、その一日を狙われた」

九兵衛が訊く。

「盗賊が押し込んだんですか？」

「そうだ」

五郎吉はうなずく。

「狙い澄ましたようにその夜に押し込んだ。やり方は荒っぽい。その晩、店にいた者は皆殺しだ。助かった者はいない。最後に店に火をつけて、盗賊たちは逃げた」

「中から手引きした者がいたんですか？」

「たぶんな……。よくわからないんだ。材木を仕入れしている北国の方から、年の初めってことで年始にきていた客がいたらしくてな。どれくらいの客がきていたものだか、はっきりした数がわからなかった」

「実際には、逃げ出した者がいるかもしれないってことですね？」

　九兵衛が言う。

（ほう、なかなか、頭の回転が速いな……）

　五郎吉は感心する。

「そうだ。その晩、店に泊まっていた人数がはっきりすれば、焼け跡から見付かった死体の数と突き合わせることもできた。だが、それがわからない」

「……」

　九兵衛は黙ってうなずく。

「和州屋は、楓川（かえでがわ）と亀嶋川（かめしまがわ）に挟まれた土地にあってな。店の裏に回ると、空き地になっていて、その向こうが楓川だ」

「ここと同じですね」

　九兵衛がつぶやく。

「気がついたか？」

　五郎吉がにやりと笑った。九兵衛との会話を楽しんでいるようだ。

「はい」

「そうなんだ。立地が常陸屋とそっくりなんだよ。手口も似ている。内部に手引きする者がいて、金のありそうな時に押し込む。人数はそう多くはないが、手際よく店の人間を縛り上げる。金を手に入れたら、皆殺しだ。最後には火をつけて、混乱を起こす。町の衆が騒ぎ立てて、町方が身動きが取れなくなっている隙に、千両箱を舟に積んで悠々と逃げる」

五郎吉が考え込むようにして言う。

「もっとも、今言ったことの半分はわしの想像だ。本当のところはわからない。盗賊たちは、誰も捕まってないのだからな」

「和州屋と常陸屋を襲ったのは、同じ盗賊だと考えているわけですね？」

「こいつらは、昨日今日、盗賊を始めたって連中じゃないと思う。詳しく調べたわけじゃないが、和州屋の前にも同じような手口で押し込みをやっているに違いないよ。しっかりと準備に時間をかけて、手抜かりなく押し込んでやがる。連中が初めてどじを踏んだのが、常陸屋ってことなんだろう。小僧を一人逃がしちまったせいで、手代が押し込みの日に休んでいたことがわかった。小僧が生き残っていなかったら、あの晩、何人の人間が店にいたのかわからないところだった。ひょっとすると、いや、たぶん間違いないと思うが、皆殺しにされたと言われている和州屋だって、誰かが生き残っていたかもしれない」

「つまり、盗賊の手引きをした者がいたということですね？」

「そうだ」

五郎吉がうなずく。

「てことは、常陸屋については、小僧か手代、二人のうちのどちらかが手引きをしたってことになりますね」

「手引きしたのは手代に決まっている。小僧が生きていたからこそ、あの晩、何があったかわかったんだ。小僧が生き残っていなければ、手代も一緒に殺され、火事で死体が焼けたと思われていただろう。死んだことになれば、うまい具合に大金をせしめて、どこか違う土地で何食わぬ顔でのうのうと暮らしていたかもしれないのだ。小僧が生き残って、あの晩、手代が店にいなかったと証言したからこそ、手代はわしらや町方に追われるような羽目になったのだろうし、その揚げ句、手代から尻尾をつかまれることを恐れた盗賊たちに口封じされてしまったに違いねえ」

「消されちまったってことですか？」

「ああ」

五郎吉がうなずく。

「手代をふんじばってしまいさえすれば一件落着のはずだったがな。さすがに、そんなに簡単にはいかなかったってことよ。新八は……それが手代の名前だがね、押し込みからしばらくして土左衛門になって川に浮かんだ」

「小僧はどうなりましたので？」

「その小僧にこれから会いにいこうと思っているってわけさ」

十

由利は井戸端で洗濯をしながら、浮かない顔をしている。木桶に汚れ物をいれて、ごしごしと力をいれて揉み洗いをするのだが、時折、手を休めては、重苦しい溜息をついている。

元気者の由利には、あまり似つかわしくない光景だ。

「由利ちゃん、大変だと思うけど、あんたがしっかりしなくちゃ駄目だよ」

由利と並んで洗濯をしている近所のおかみさんが励ますように言う。百目長屋の住人たちは、市郎兵衛の病が相当重くなっていることを知っている。由利が元気のない顔をしているのは、そのせいだろうと推測し、何とか力付けてやりたいと思っているのだ。

由利は、

「うん」

と、うなずいて口元に薄く笑みを浮かべる。

親切なおかみさんの言葉を敢えて否定しようとはしない。由利と市郎兵衛を気遣ってくれる思いやりをしみじみと感じるからだ。

洗濯を終えたおかみさんは、長屋の路地の中央を貫くドブに汚水を流すと、

「何か困ったことがあったら、遠慮なく何でも言うんだよ」

と、由利を励まして自分の部屋に帰っていく。

後には由利一人が残される。

おかみさんが行ってしまうと、再び由利の表情は曇る。

実は、市郎兵衛のことが心配で、由利が沈鬱な表情をしていたわけではない。昨夜、「源七」で偶然耳にしたことが原因で由利は悩んでいる。

昨夜、市郎兵衛は激しく喀血した。

仰天した由利は、伊織にもらったたまま、うっかりと「源七」に忘れてきた薬を取りに、「源七」に戻った。もうすぐ町木戸も閉められるという時刻だから、通りには人影も少ない。「源七」も、表は戸締まりされており、中には明かりも見えなかった。

六衛門と勘助が二階で寝起きしていることを知っていたので、由利は裏口に回った。

「夜遅くにすみません。由利です、開けて下さい」

戸を叩きながら、呼んでみたが返事がない。

二階に上がる階段は、裏口から厨房を通った先にあるので、

(聞こえないのかな……？　それとも、留守かしら……？)

と、由利は訝しく思った。

別に六衛門や勘助に用事があるわけではない。

棚に置き忘れた薬を取りに来ただけだ。

二人が留守でも構わない。ちょっと店の中に入ることができさえすればいいのだ。

戸を引いてみたが、心張り棒をかってあるのか、戸は開かない。しかし、力を入れてガタガタと動かしているうちに、心張り棒が外れて戸が開いた。

由利は、真っ暗な店の中に足を踏み入れた。明かりがなくても、何がどこにあるかということは大体わかっている。

厨房に入った由利は、手探りで食器棚をまさぐった。勘助の手伝いをしたときに、伊織からもらった薬をそこに載せたはずだ。

あった。

薬の包みを懐にいれて、由利は厨房から出ていこうとした。

そのときだ。

階段のところに明かりが見えたような気がした。

（いるのかしら……）

勘助と六衛門は、二階にいるのであろうか？

そうだとすれば、一声挨拶していくのが礼儀というものだろう。薬が手に入って安心したのか、由利の心には余裕が生まれていた。

足下に注意しながら厨房を突っ切って、階段の下に立った。

(何だ、やっぱりいたんだ……)

見上げると、階段の上の方が明るい。

由利は、階段に足をかけた。

声が聞こえてきた。

男の声だ。

「近江屋に押し込むには図面が必要だ。それに金の隠し場所がわからないのでは、そもそも押し込んでも仕方がないだろう。のんびり探しているうちに役人たちがやって来るからな」

由利は、階段の途中で凍り付いた。

勘助や六衛門の声ではない。

客がきているのだろうか?

それにしても、押し込みとは何のことだ?

金の隠し場所とは……?

「つまり、お園って女を仲間にしないことには近江屋はやれないってこってすね?」

六衛門の声だ。

（何なの、これは？　何か、ふざけているの、それとも……？）

由利には馴染みのない、誰ともわからない男の声が聞こえる。

「その女を殺っちまえってことでしょう。ねえ、最上さん？」

勘助の声だ。

六衛門と勘助の二人が話に加わっているようだ。

冗談口を叩いているわけではないらしい。

洩れ聞こえてくる話の内容に耳を澄ますうちに、次第に由利の顔から血の気が引いてきた。

（押し込みの話をしているんだ。盗人の集まりなんだわ。ここは、盗人宿だったんだ……）

由利は動転した。六衛門や勘助が盗人だとは、とても信じられなかった。二人とも、口は悪いが由利には親切だったのだ。

勘助などは、

「親父さんの具合はどうだ？」

と折に触れては心配してくれ、

「持っていきなよ」

と余った食材を帰り際に持たせてくれることもしばしばだった。

六衛門にしても、賭け将棋に勝ったときなど、由利に小遣いをくれる気前のよさを見せたりもした。

縄暖簾の小女としての給金も、

「いつもよく働いてくれるからよ」

と言いながら、少し多めに渡してくれるのが常だった。

市郎兵衛の体の具合が悪いときに、急に休みが欲しいと言い出しても、

「ああ、そうかい。親父さんを大切にしてやんなよ。こっちのことは心配ねえよ。早く元気になるといいな」

と、勘助も六衛門も由利を気遣ってくれるのであった。

由利は、

（何ていい人たちなんだろう……）

と感謝もしていたし、このように働きやすい職場に巡り会った己の幸運を喜んでもいたのだ。

ところが……。

それは、すべてまやかしだった。

この「源七」という縄暖簾は、世間の目を欺く（あざむく）ための盗人たちの隠れ蓑（みの）だったのだ。押し込みで大金を稼ぐような盗賊にとっては、居酒屋での稼ぎなどどうでもいい

ような端金にすぎなかったのであろうし、だからこそ、由利に対しても気前がよかったのであろう。

（逃げなくっちゃ……）

由利は、物音を立てないように注意しながら、ゆっくりと階段を下り始めた。

しかし、

（見付かったら、どうしよう……？）

ということが心配で、足下への配慮が足りなかった。階段を下りきったところに、六衛門の将棋盤が置いてある。場所を取るので、横向きに立てかけてある。由利の足が将棋盤にぶつかり、将棋盤が板敷きに倒れて大きな音を立てた。

（ああっ！）

由利は息を呑んだ。

咄嗟に二階を見上げる。

明かりが消えて真っ暗になっている。

話し声も聞こえない。

（気付かれた！　きっと、殺される……）

由利の目に涙が滲んできた。

（嫌だ……死にたくない……）

由利は、這(は)うように階段を下りると、厨房に入った。

真っ暗だ。

しかも、気が動転している上に、涙で目が霞(かす)んでいる。まるで目隠しされて歩いているようなものだ。

ようやく厨房を通り抜け、裏口に辿り着いた。

由利は、戸に手をかけた。

戸が音を立てた。

そのとき、誰かが背後から飛びかかってきた。

いきなり、口を押さえられたので悲鳴を上げることもできない。

(殺される……)

と思ったとき、月が雲から出た。

青白い月光が射し込んできた。

「お由利坊……」

勘助だ。

勘助の方も驚いたらしく、由利の口を塞いでいた手を離した。

「ごめんなさい。忘れ物をしたもんだから……」

「おまえ……」

「ごめんなさい」

由利は、勘助の手を振り払って、表に走り出た。

後は夢中だった。

追いかけてくるのではないかと、気が気ではなかったのだ。町木戸まで辿り着いて、ようやく呼吸を整える余裕ができた。町木戸に寄りかかって、ハアハアと息をしていると、顔馴染みの番太郎の爺さんが、

「そんなに慌ててどうしたね……？」

と驚いたような顔をして、由利を見つめた。

（助かったんだ……）

番太郎の顔を見ているうちに、目に涙が溢れてきて、止まらなくなった。

それが昨夜のことだ。

迷い抜いた挙げ句、

（やっぱり届けよう……）

と、由利は決心した。

昨夜の出来事があまりにも思いがけなかったので、由利には、あれが本当にあったことだとは信じられないような気がした。

散々に迷ったのは、いざ、

「あそこは盗人宿です」

などと届け出たが最後、後から実は間違いでした、などと言っても取り返しがつかないからだ。

この時代、盗みの罪は重い。

しかも、密告が奨励されている時代だ。

たちまち、町奉行所の捕り方が「源七」に向かい、六衛門と勘助をお縄にしてしまうだろう。

嫌疑をかけられて捕まったら最後だ。

言い逃れはきかないといっていい。

罪を認めなければ、拷問されるだけのことだ。

罪を認めれば死刑になる。

どっちにしろ、捕まったら無事ではいられない。

つまり、由利が、

「恐れながら……」

と訴え出るということは、六衛門と勘助に死刑宣告するようなものなのだ。

由利が迷ったのは、そのせいだ。

由利にとって、六衛門と勘助は単に雇い主というだけでなく、恩人といっていい。いい人たちなのだ。

だからこそ、

（あの人たちが恐ろしい盗賊だなんて……）

と信じられない気がするのである。

信じたくない、という気持ちもあった。

それでも、

「届けよう」

と決心したのは、「源七」に行く時間が迫ってくると共に、

（とても平気な顔をして働くことなんてできない……）

ということがはっきりとわかってきたからだった。

ただ、いきなり町奉行所に行こうと思ったわけではない。お上に訴え出よう、と決心して由利の頭に浮かんだのは、伊織のことであった。

伊織がこの裏店にきたとき、

「何か妙なことがあったら、小伝馬町の牢屋敷に出向いて、同心の大久保半四郎に事情を話せ。半四郎にはわしからよく言っておくから」

と言ってくれたことを由利は覚えていた。

伊織は、気負い組の無法者たちが意趣返しに来たときのことを心配して言ってくれたのだが、

（あの人なら、話せば相談に乗ってくれそうだ……）

と、伊織に対する信頼が由利の心に芽生えていたのである。火付盗賊改の頭といえば、江戸の庶民にとっては雲の上の存在で、しかも、同時に鬼のように恐ろしい存在だったが、伊織を直接見知っている由利には、それほど遠い存在には思えなかった。もっとも、どこに行けば伊織に会えるのか由利にはわからない。それで、小伝馬町の牢屋敷に大久保半四郎を訪ねることにしたのである。

そうと決めると、由利はようやくすっきりした表情になり、

「おとっつあん、ちょっと出かけてくるから」

と、市郎兵衛に声をかける。

「どこに行くんだね？」

「ちょっとそこまで」

「仕事はいいのかい？」

「遅くなりそうだったら、そのまま向こうに行っちまうから。心配しないで」

由利は、昨夜のことを市郎兵衛に話していない。

余計な気苦労をかけたくなかったからだ。

由利は、小走りに長屋の小路を抜けて、表通りに出た。蠟燭町は、「源七」のある鎌倉河岸と小伝馬町とのちょうど間にある。つまり、小伝馬町に向かうというのは、「源七」とは正反対の方向に向かうことなるわけだ。

物陰から由利の後ろ姿をじっと見つめている男がいる。勘助だ。

「お由利坊、そっちは地獄に通じる道なんだぜ……」

勘助は珍しく溜息をつく。目には物悲しそうな表情を湛えている。

が、次の瞬間には表情が一変している。心の中にわずかに存在していた由利への同情心をかき消したのだ。険しい顔付きで、口元を真一文字に引き結んだまま、由利の後を追う。

十一

五郎吉と九兵衛は、一年前に押し込みに遭った常陸屋の唯一の生き残りである太吉を訪ねた。

太吉は十三歳のはずだが、年齢の割には随分小柄に見える。

店の裏木戸の外に呼び出された太吉は、最初から妙におどおどしている様子で、落ち着きがなく盛んにきょろきょろしている。

「ちょっとばかし聞きてえことがあってな……」

　五郎吉が口を開く。

「手間は取らせないから」

「はい」

　太吉はうなずくが、依然として目には落ち着きがない。

　さすがに五郎吉も不審に思ったのか、

「どうしたい？　主にはきちんと話してあるから、心配するな」

「はい」

　消え入りそうな小さな声で太吉は返事をする。

「あまり思い出したくもないだろうが、一年前の事件のことだ」

と、五郎吉が言うと、太吉の顔がさっと青ざめる。

　ごくりと唾を飲み込むと、

「何でしょう……？」

　絞り出すような声で太吉は訊く。

「あの夜に起こったことをもう一度話してもらいてえんだ。ゆっくりでいいから、できるだけ正確に話してくれ」

「あのときのことはお調べを受けたときに、きちんとお話ししましたが……」

「それは、わかっている。事情があって、もう一度あの一件を調べ直しているのでな。手間をかけるが、もう一度じっくりと思い出して、話してもらいてえのよ。新八って手代のこともだ」

「新八さんですか」

「ああ、そうだ」

五郎吉がうなずく。

「……」

太吉が途方に暮れたような顔をしていると、突然、裏木戸が開き、店の小僧が顔を出す。

「あ、すみません」

小僧は、五郎吉の顔を見ると慌てたように木戸を閉めて引っ込んだが、戸を閉める直前に、太吉の顔を覗き込み、口元に笑みを浮かべたのを、五郎吉の背後に立っていた九兵衛は見逃さなかった。店の小僧の姿を見てから、太吉は目に見えて動揺し、顔色が悪くなってきたのだが、五郎吉は気付かないようだ。

それどころか、太吉が一向に質問に答えないので、じりじりしてきたのか、

「おい、黙ってないで、何とか言いなよ」

と、五郎吉はきつい口調で言う。

すると、

「堪忍して下さい。知っていることは、前にすべてお話ししました。何も付け加えることはありません。どうか、堪忍して下さい……」

と、太吉はいきなり、地面に坐りこんで、額を地べたにこすりつけるではないか。

「おいおい、何の真似(まね)なんだよ」

五郎吉は舌打ちして、太吉を睨む。少し腹を立ててきたらしい。

「親分……」

九兵衛が五郎吉に話しかける。

「うん？」

「泣いてます」

「何？」

五郎吉がよく見ると、太吉の目から涙がぽろぽろとこぼれ、その涙が太吉の手に滴(したた)り落ちている。

「どうしたんだ、こいつは……？」

五郎吉には訳がわからない。

「差し出がましいようですが、ここはひとつ、わたしに任せてもらえませんか？」

遠慮がちに九兵衛が申し出る。

「おまえが？」

「この小僧と少し話をさせてもらいたいのですが」

「ふうむ……」

五郎吉は思案する風だったが、

（何だか、よくわからない小僧だし、このままではいつまで経っても埒があかぬ。ここはひとつ九兵衛にやらせてみるか……）

という気になったのは、九兵衛を見る目が次第に変わってきている証拠だと言っていいし、地面に坐りこんでめそめそ泣いている小僧をどのように扱ったらよいものか判断がつきかねたせいでもある。九兵衛には何か考えがあるようだ。

「それじゃ、やってみるがいいぜ」

五郎吉は九兵衛に任せることにした。


「おい、ふたつくんなよ」

九兵衛は、通りかかった汁粉売りに声をかける。

「へい、毎度どうも」

汁粉売りは、肩から天秤棒を外すと、前後にぶら下げた振分荷を地面に下ろす。前の荷には、鍋と七輪を入れ、後ろの荷には水桶、椀と箸、餅やアンコなどの食材を入れてある。

汁粉売りは、湯気の立つ熱いお汁粉をお椀に入れ、箸を添えて九兵衛に差し出す。自分で鍋や椀を持参するのでなければ、その場で立ち食いをすることになる。

「すまないが、ちょっと待ってもらえるか？　そこで食ってくるから」

堀端にしゃがみこんでいる太吉の方を顎で示し、何枚か余分に銭を渡した。

「ああ、どうぞ、どうぞ。ちょうど、一息入れようと思っていたところですから」

汁粉売りは、愛想良くうなずく。

「すまない」

九兵衛は両手にお椀を持ち、箸をくわえて太吉のそばに戻る。

「ほら」

九兵衛は太吉の手にお椀を押し付ける。

「熱いうちに、食えよ」

「……」

太吉は黙ったまま、首を振る。

九兵衛は、太吉をじっと見つめ、

「そんなにひどいのか？」

「え？」

怪訝そうな顔で太吉が九兵衛を見返す。

「常陸屋で小僧を三年も奉公した後に、他の問屋に移って最初からやり直すんだから、さぞ辛いことも多いのだろうと思ってな」

「……」

太吉は唇を嚙む。

一年前、伊勢町の米問屋・常陸屋が盗賊に襲われた。店は全焼し、生き残ったのは、太吉と手代の新八の二人だけだ。

盗賊を手引きしたという疑いを持たれていた新八は、事件の数日後、水死体となって発見されたため、太吉が常陸屋事件の唯一の生き残りということになった。

当初、太吉も、盗賊の一味と何か関わりがあるのではないか、という疑いを持たれて、火付盗賊改方や町奉行所から取り調べを受けたりした。

疑いはすぐに晴れた。

太吉は無罪放免になったが、戻るところがない。仕方がないので、下総の在所に帰ったものの、太吉の帰郷は歓迎されなかった。

父親は露骨に、

「何で戻った」

と嫌な顔をした。

太吉が戻ってきた事情はよくわかっていたものの、食い扶持が増えることを考えれば、あまりいい顔もできなかったのだ。太吉の下に、四人の弟妹がいる。しかも、母親は懐妊して、大きな腹をしている始末だ。太吉の居場所はどこにもない。

そもそも太吉が常陸屋に奉公するにあたっては、常陸屋で番頭を勤めている益次という男が、村の庄屋の遠縁に当たるという伝手を辿って、父親が奉公を頼み込んだ。

年季は十年、夏と冬の二回お仕着せが与えられる他、小僧の間は年に二両の給金がもらえるという契約だった。この二両は、太吉の働きに対する報酬だが、太吉の手に直接渡ることはなく、年々、両親の所に送金される手筈になっている。それほど悪くはない契約内容だ。だからこそ、常陸屋への奉公が決まったとき、太吉の家では赤飯を炊いて祝ったほどなのだ。

まず奉公に出れば、太吉の衣食住の心配がない。

両親とすれば、太吉の食い扶持が減るだけでもありがたいのに、年に二両もの給金がもらえるというのは、夢のような話であった。

雇い主の立場からすれば、衣食住の面倒を見る上に、商売まで仕込んでやるのだから、無給は当然だという考えがまかり通っていた時代である。実際、江戸以外のどこの土地でも、小僧は無給という方がむしろ一般的だ。江戸だけが例外なのであって、これは、江戸に於いては慢性的な人手不足が生じていたせいである。

太吉の父親は決して悪い男ではなかったが、十二歳にもなった長男を実家で遊ばせておく余裕はないと判断するや、すぐに庄屋のところに行き、

「どこか別の奉公先を紹介していただけますまいか？」

と頼み込んだ。

庄屋も常陸屋を見舞った悲劇を知っていたから、太吉を哀れみ、益次の実家に問い合わせてくれた。

益次には兄弟がいて、彼らは、江戸の商家で番頭や手代を勤めていた。その中の一人が、堀留町（ほりどめちょう）にある米問屋に口を利いてくれた。堀留町は伊勢町の東隣の町だ。どうせ奉公するなら、土地勘のある町で、勝手のわかっている米問屋に奉公するのがいいだろうと気を利かせてくれたのである。こうして太吉の新たな奉公先が決まり、太吉の両親は大いに喜んだものの、太吉自身の気持ちは複雑だった。

しかし、父親が決めたことに逆らうことはできない。親が子に対して絶対的な支配権を握っているからだ。

そういう時代なのだ。

いわゆる「奉公」というものは、雇われる本人と雇い主が契約するものではなく、雇われる者の親と雇い主が契約することで成り立っている。その契約に対して、当人は何の意見も挟みようがない。

意見を述べる権利があれば、太吉は、

「嫌だ……」

と言ったかもしれない。

常陸屋で小僧を三年勤める間に、いろいろと辛い経験もして、奉公人の世界の裏も表も嫌というほどわかっていた。

常陸屋という一軒の商家の中ですら、厳格な階級社会が構成されていた。主がいて、その下に番頭、手代と続く。一番下がいうまでもなく、小僧たちなのだが、この小僧たちの世界にも上下関係がある。一日でも早く奉公に出た者が先輩となり、たとえ年齢が上であっても、後から奉公した者は後輩ということになる。この上下関係が、一生つきまとうことになる。

太吉は、十二歳だ。小僧としては、中堅といっていい。先輩もいるが、後輩も何人かいる、という立場だ。三年も勤めれば、商売のことも大体飲み込んでいる。

ところが、他の米問屋に奉公するとなれば、また一番下からやり直しということになる。十二歳で再出発するとなれば、自分より年下の先輩を多く持つことになる。あまり愉快な立場ではない。

しかも、隣町ということになれば、当然、常陸屋の事件についても詳しく知れ渡っているであろう。太吉が唯一の生き残りであり、取り調べを受けたことも知られているに違いない。

（何を言われるか、わかったものではない……）

と考えると、太吉は夜も眠れないほどに憂鬱になった。

小僧の世界がどういうものか、太吉はよく知っている。互いに助け合うなどという甘い世界ではない。陰湿な世界だ。仲間同士が足を引っ張り合うことで、少しでも自分が浮かび上がろうとする陰湿な世界だ。いじめや陰口は日常茶飯事だといっていい。小僧たちはまだ大人になりきっていないだけに、かえって残酷なことを平気でするのである。

新たな奉公先では、太吉の想像したことが起こった。先輩たちは、事あるたびに太吉をからかい、いたぶった。

「おまえ、本当はやったんじゃないのか？」

「いくらもらって手引きしたんだ？」

などというのは、まだいい方で、ひどいときには、

「自分だけ生き残って恥ずかしくないのか？　みんな、殺されたのに、自分だけ逃げ出すなんて卑怯だと思わないのか？」

と非難する者までいた。生き残ったことが太吉の罪であるかのような言い草だ。

何より辛いのは、

「ほう、あんたが常陸屋さんのねえ……」

と客たちから好奇に満ちた眼差しを向けられるときだった。

黙っていれば太吉が常陸屋に奉公していたことなど客にわかるはずもないのだが、客の気を引く話題として、

「これが、あの例の常陸屋さんの……」

と、番頭や手代がわざわざ口にするのである。

太吉はやりきれない毎日を送っていた。

最近では、

（いっそ、あのとき、みんなと一緒に死んでいた方が楽だった……）

と思い詰めるまでになっていたのである。

五郎吉と九兵衛が訪ねたのは、そんなときだった。太吉の気持ちが暗く落ち込んでしまうのは、五郎吉と九兵衛の訪問が、ようやく過去のものとなりつつある常陸屋事件の記憶を、店の者たちに思い起こさせる引き金になるに違いないと思ったからだ。

そんな苦境を、太吉は九兵衛にぽつりぽつりと語る。九兵衛は太吉の言葉にじっと耳を傾け、太吉が言葉に詰まると、

「熱いうちに食いなよ」

と汁粉を勧める。

太吉は小さくうなずくと、鼻水をすすり上げながら、汁粉を口に運ぶ。胸につかえ

ていたものを吐き出すと少しは気持ちも楽になってきたのか、太吉はたちまち汁粉を平らげる。

「よかったら、これも食いな」

九兵衛は自分のお椀も差し出す。

「いいんですか？」

「好きなだけ食え。遠慮するな」

「はい」

太吉はうなずくと、音を立てて汁粉をかき込み始める。

太吉が汁粉を二杯平らげると、

と、九兵衛が訊いたが、

「もっと食うか？」

「もう、お腹一杯です」

と、太吉は首を振る。

九兵衛が汁粉売りにお椀を返してくると、太吉は九兵衛を見上げ、

「親分さんも、商売人なんですか？」

「おれは親分なんかじゃねえ。九兵衛という者だ。すっぽんの親分の手伝いをしているだけだよ。九兵衛と呼んでくれればいい」

九兵衛は苦笑しつつ、

「しかし、おれが商売人だなどと、なぜ、そう思うんだね?」

「ただ、何となくそんな気がしたものですから……」

太吉は口ごもる。初対面だが、九兵衛と話していると妙に懐かしい感じがする。違う世界の人間と話している気がしないのだ。思いやり深い先輩に話を聞いてもらい、慰めてもらっている気がする。

「商売人なんですか?」

と訊いたのは、きっと九兵衛も太吉と同じような経験をしたことがあるに違いないと思ったからだ。

「さあてなあ、いろいろなことに足を突っ込んだもんでな……」

九兵衛は太吉の隣に坐ると、ふっと遠くを見つめるような眼差しで空を見上げる。

「けどな、何をやろうと、辛いことばかりじゃない。必ず、楽しいときも来る。一日っていうのは、夜と昼が交互に来るじゃないか。あれと同じだ。今は辛いかもしれないが、それがあんたの肥やしになっているんだ。あんたもいつかは人を使うような立場になるだろうが、そのときに、人の心の痛みがわかるかどうかっていうのは大きな違いだと思う。そう思えば、あんたが今、苦労してるのは、将来のために財産をこしらえているのと一緒だ。ただ、その財産は目に見えないってだけのことだよ。そう思って、頑張ってみたらどうだい？」

「はい」

太吉はうなずき、

「ありがとうございます」

と、九兵衛をじっと見つめる。

「親分さん……じゃなかった、九兵衛さん。何か訊きたいことがあるのでしょう？どうか訊いて下さい。わたしはもう大丈夫ですから。手代さんのことがお訊きになりたいのですか？」

「ああ、新八のことだ」

九兵衛はうなずく。

「答えられることなら、何でも答えるつもりですがどんなことをお知りになりたいのですか？」

「そうだな……」

九兵衛はちょっと思案する。

「背の高さはどれくらいだね？」

「背丈ですか？」

太吉は驚いたようだ。そんなことを訊かれるとは予想していなかったのだろう。

「おれと比べてどうだ?」

「どうと言われても、九兵衛さんは随分背が高いから……。でも、そう言われると、手代さんも背は低い方じゃありませんでしたね。わたしより、頭ひとつくらいは背が高かったと思います」

「目方はどうだね?」

「目方ですか……」

太吉は首を捻り、

「そうですね、上背はありましたけど目方は九兵衛さんよりもずっと軽かったと思います。ほっそりした人でしたよ」

と答える。

「どんな奴だったかね? 何というのかな、よくあるじゃないか、こいつは嫌な奴だな、とか。親切な人だな、とか。腹に一物ありそうな得体の知れない奴だな、とか……。まあ、あんたがどう感じたかってことなんだが」

「そうですね……」

太吉は考え込んだが、やがて、

「いい人でした」

と一言で新八の印象を述べる。

「いい人？」

「ええ。そんなに親しかったわけではないんですが、さっぱりとして、ねちねちしたところがないし、目下の者に声を荒らげるようなこともなかったし……。わたしだけではなく、小僧たちみんながそんなことを言っていました。新しい手代さんは、随分と優しい人だなって」

「ふむふむ」

九兵衛には太吉の言うことがよくわかる。

小僧たちは大部屋に枕を並べて寝るのが普通だが、就寝前のひとときに噂話に花を咲かせるというのはよくあることだ。話題の中心となるのは、やはり身近な人々に関することだろう。

新しく雇い入れられた手代のことが小僧たちの話題にならないはずがなかった。

「手代さんは、渡り奉公で常陸屋にきた人ですが、生え抜きではなく、いろいろなところを渡り歩いている人というのは、自然と人当たりも柔らかくなって、目下の者にも優しくなるのかなあと、みんなで噂したものでした。あの人を悪く言うような人はあまりいませんでしたよ。番頭さんや他の手代さんたちが、時々、『新八は小僧たちに甘くて困る』とご主人に苦情を言っていた、という話を耳にしたことがあります」

「なるほどね……」

　太吉の話を聞いているうちに、徐々に九兵衛の頭の中に新八という手代の印象がぼんやりとした輪郭を帯び始める。

「どうだ、顔には何か特徴がなかったか？」

「顔ですか？」

「ひどいあばた面だったとか、目の下に大きなほくろがあるとか、前歯が欠けているとか、とにかく、そんなことだ」

「これといった特徴は思い出せませんね。色白で、それとさっき話したようにほっそりとした顔立ちで、少しばかり目尻が切れ上がっていましたが」

「狐顔というやつか？」

「そうですね」

　太吉が小首を傾げる。

「でも、そんなにきついという感じでもありませんでしたが……。すみません。他には何も」

「そうか」

　九兵衛は更にいくつかの質問をする。

　しかし、太吉は、新八の私生活については何も知らなかった。それも当然のことで、住み込みの小僧が、通いの手代の生活について何か知っていると考える方がおかしいのだ。

新八の請人や人主のことも知らなかった。

奉公人が雇い主と奉公契約を結ぶときには、奉公人の方から雇い主に対して奉公人請状というものを差し出すことになっている。請状には、年季や給金に関する取り決めの他、奉公人の身元保証をする人主と請人の氏名が記載されている。

人主として記載されるのは親である。親がない場合には兄、兄がない場合には親類が人主となる。

奉公人の在所が江戸でないとき、江戸に住まうものが請人として名を連ねる。

奉公人請状は、奉公人ではなく、請人が作成して雇い主に差し出すことになっている。というのも、奉公人請状というのは、請人の責任を明確にするために作成されるものだからだ。従って、請人と奉公人の間には強い繋がりが存在することになる。新八の請人や人主が明らかになれば、新八のことがもっとよくわかるはずであった。

（店と一緒に燃えちまったか……）

その後、九兵衛は太吉から、常陸屋が盗賊に襲撃される前後の話を聞いたが、九兵衛が五郎吉から聞かされた話に新たに付け加えられるようなことは何もなかった。

（親分はがっかりしなさるだろうな……）

と、九兵衛は思ったものの、仮に太吉を締め上げたとしても、これ以上の話を聞き出すことはできなかったであろう。

「何か思い出すようなことがあったら知らせてくれないか？」

一応、言ってはみたものの、九兵衛が太吉に何かを期待したというわけではない。

しかし、太吉は生真面目（きまじめ）に、

「もう一度よく考え直してみます」

と答える。

（いい奴なんだな……）

太吉の生真面目さが、今の生活をより一層苦しいものにしているのだろうと九兵衛は思ったが、どうしてやることもできなかった。持って生まれた性格を変えることはできないからだ。

ただ、九兵衛が、

「辛いことがあったら、いつでも訪ねてきなよ。長谷川町の『みみずく』っていう、親分のおかみさんがやっている料理屋に世話になってるんだ。話くらいならいくらでも聞いてやれるし、また一緒に汁粉でも食おうや」

と言ってやると、太吉は嬉しそうにうなずいた。

十二

九兵衛は、太吉から何ら目新しい情報を聞き出すことができなかった。太吉との話の内容を五郎吉に報告したものの、最初から多くを期待していなかったのか、

「ふうむ……」

と言うだけで、腹を立てる様子もなかった。

「まだ明るいから、あっちにも行っておくか」

と、五郎吉は先になって、歩き出した。

五郎吉の言う「あっち」というのが、新八が暮らしていた裏店のことだと九兵衛にはわかっている。

まず太吉を訪ね、時間があれば、新八の長屋に行ってみよう、と前もって聞かされていたからである。

裏店の風景というのは、どこでも大した違いはない。弁当を持たせて亭主を送り出した後は、掃除や洗濯など家事をこなしながら、隣近所のおかみさんたちと息抜きに四方山話に耽ったりするのだ。

おかみさんたちが集まるのは、井戸の周りと決まっている。一日に何度か、魚や野菜、日用品などの物売りがやって来るが、そんなときにも井戸の周りに品物を並べるのである。

五郎吉と九兵衛が長屋の木戸を潜ったときも、おかみさんたちは物売りを囲んで品定めをしつつ、無駄話を楽しんでいるところだった。二人が井戸に近付いていくと、おかみさんたちが一斉に顔を向ける。

「忙しいところをすまないが、少しばかり話を聞かせてくれないか？」

五郎吉は、ちらりと懐の十手を見せる。

おかみさんたちの顔に緊張が走る。

江戸に暮らす庶民にとって、十手持ちというのは決して親しみやすい存在ではない。どちらかといえば、煙たい存在であり、蛇蝎のように忌み嫌われている十手持ちも少なくない。

それでも、彼女たちの目に好奇の色が浮かんだのは、このあたりを縄張りにしている十手持ちが忠治だということを承知しており、

（この人は、どういう人なんだろう……？）

と、五郎吉を訝しんだためであった。見知らぬ十手持ちが突然訪問するなどということは滅多にあることではない。

「一年ほども前のことだが、ここに新八という男が住んでいただろう?」

五郎吉が訊く。

誰も返事をしない。

五郎吉は、乳飲み子をあやしている若い女に、

「どうだ、覚えているだろう?」

「え?」

その女は驚いたように、ぽかんと口を開けたが、五郎吉に見つめられているうちに表情が強張り、唇が震えてきた。この女にとって、十手持ちというのは、それほどに恐ろしいものなのであろう。女はそわそわした様子で、助けを求めるように周囲の女たちの顔を見る。

「その人は何も知りませんよ。新八さんの顔なんか覚えてもいないと思いますよ」

四十過ぎくらいの中年の女が助け船を出す。

「あんたは、新八を知っているんだな?」

「知ってはいますよ。でも、別に親しかったわけでもなく、会えば挨拶をするという程度の知り合いです。新八さんがここに住んでいたのは、ほんの一年くらいのものですからね」

「一年か……。というと、新八がここに住み出したのは、二年前だな。それくらいな

ら、ここに住んでいる大抵の者は、新八のことを知っているってことだな」

五郎吉は独り言のようにつぶやく。

「特に親しかった人なんかいないと思いますよ。わたしと同じような人ばかりじゃないですか」

どうやら、この中年女がみんなを代表して五郎吉に応対すると腹を決めたようだ。

「知っているってだけなら、この松蔵さんだって新八さんのことを知っているでしょうけど、本当に知っているってだけのことですよ」

そう言われて五郎吉は、女たちの背後で蹲るように背中を丸めている男に目を向ける。松蔵と呼ばれた男は、もう商売にならないと諦めたのか、歯磨きと楊枝を木箱に片付けているところだ。

「どうだ、新八のことを覚えているか?」

五郎吉が松蔵に訊く。

「……」

松蔵はうつむいたまま、返事をせず、五郎吉に顔を向けようともしない。

「おい、聞こえないのか?」

五郎吉が声を荒らげる。

「あ、親分さん。すみません。つい余計なことを言っちまって……。この人は駄目なんです」

「駄目？　どういうことだ？」

「耳と口が普通とはちょっと……」

「話せないのか？」

「全然ってわけじゃないんですけど、まともな受け答えはできないと思います」

「そうかい」

五郎吉はうなずくと、

「とにかく、どんなことでもいいんだ。新八について、覚えていることがあったら聞かせてくれ」

「そうですねえ……」

中年女が考え込むと、隣の女が、

「ちょっと、だめよ……」

と小声で囁き、袖を引く。

木戸の方に目配せしている。

「どうした？」

五郎吉が振り返ると、木戸によりかかって三吉がこっちを見ている。

三吉は忠治の手下だ。

この近辺は忠治の縄張りだから、長屋の連中は、当然、三吉の顔を知っている。三吉を見て、中年女は口を閉ざしてしまった。

「忠治親分には話を通してある。何の遠慮もいらないのだぜ」

と、五郎吉が言っても無駄であった。

「堪忍して下さい」

と首を振るばかりだ。

(忠治の野郎、妙な嫌がらせをしやがって……)

五郎吉は腹が立ってきた。

年齢のせいか、堪え性がなくなってきているのだ。

(それにしても……)

と、五郎吉は思う。

(お頭が御番所ともう少し折り合いを付けて下さりゃあ、こんな苦労をしなくてもいいものを……)

町奉行所と火付盗賊改が犬猿の仲だからこそ、五郎吉は町奉行所支配の土地での捜査にこれほど難渋しなければならないのだ。

一年前は互いに足を引っ張り合って失敗した。手がかりをつかみながら、みすみす盗賊を逃してしまったのだ。同じ轍(てつ)を踏むまいと、五郎吉は火付盗賊改の権威を振り

かざすことを避けているのだが、

（何と面倒な……）

と溜息をつきたくなるほど、捜査は遅々として進まない。

「あの……」

中年女が口を開く。

「家守（やもり）さんに訊いてみてはいかがですか？」

せめてもの厚意というところであろう。


江戸時代に「町人」といえば、普通は、地主と家守のことを指す。その町に住んでいるから、町人と呼ばれるわけではない。落語に出てくる裏長屋の熊さん、八さんは「町人」ではないのだ。

町人は、権利と義務を併（あわ）せ持っている。

江戸の町というのは、一種の自治体組織といっていいのだが、町人は町の行政に参画する権利を持ち、同時に町の公役を負担する義務を持つのである。

熊公や八公は、税金もなく呑気に暮らしているように見える一方で、町人たちが決めたことに何ひとつ反論できず、一方的な支配を受けるだけの弱い存在だったのだ。

家守というのは、地主の差配人のことで、地代や家賃の取り立てにあたる。落語に出てくる大家というのは、この家守のことだ。

店借をしている裏店の住人たちには、町政に口を挟む何の権利もなく、極めて弱い立場だったから、何かにつけて家守に頼ることが多い。冠婚葬祭はもちろんのこと、引っ越しすら勝手にはできない。すべて家守を通して、町名主に口を利いてもらうことになる。

「家守といえば親も同然、店子といえば子も同然」

というのは、家守と店子の切っても切れない深い繋がりを表現したものであり、家守の支配力がいかに強かったかということをも示している。

この裏店の家守は、文蔵という五十がらみの神経質そうな男だった。

玄関先で五郎吉が用件を述べると、文蔵は言葉遣いこそ丁寧だが、いかにも、

(面倒なことを……)

と言いたいような顔付きで、口をへの字に曲げ、渋々と五郎吉と九兵衛を屋内に招き入れた。

五郎吉は文蔵に会うのは初めてではない。一年前、常陸屋が襲われた後に一度会っている。そのときも五郎吉の方から文蔵を訪ねた。

しかし、一年前に五郎吉が文蔵を訪ねたときには、すでに銀次の手が回っていて、文蔵は頑なに口を閉ざし、どんな質問にも答えようとしなかった。

町奉行所が火付盗賊改に対抗意識を燃やして、文蔵に口封じをしたことは明らかだったが、五郎吉としてはどうすることもできなかった。

「新八のことなのだが……」

と、五郎吉が切り出すと、

「新八ねえ……」

文蔵は眉間（みけん）に皺を寄せて益々渋い顔になる。

「わしが頼みたいのは、ひとつだけだ」

「何ですか？」

「新八の請け証文を見せてくれ」

「請け証文？」

文蔵は目を細めて、五郎吉の言葉を繰り返す。

「新八は、渡りの奉公人だ。二年前、常陸屋に奉公するときに、ここに引っ越してきた。昔からここに住んでいた者ではない。しっかりした請人がいたから常陸屋で新八を雇ったのだろうし、あんたもここを店貸（たなか）ししたのだろう？　違うか？」

一年前も五郎吉は文蔵に同じ要求を突き付けた。

しかし、銀次の手が回っていたために、五郎吉は新八の請け証文を目にすることができなかったのだ。

「……」

文蔵は口を閉ざしたままだ。何と答えたものか思案している様子だ。

「常陸屋と一緒に新八の奉公人請状も焼けちまったらしい。番頭か主でも生き残っていれば、新八の請人や人主もわかったかもしれないが、生憎とみんな死んじまった。小僧が一人生き残ったが、手代の請状なんぞ目にしているはずもない。というわけで、ここに越してきたときに、新八があんたに渡したはずの請け証文だけが頼りってことになる」

「……」

「新八の身元を確認したのだろう？　それで大丈夫だと判断したからこそ、ここを貸したんじゃねえのか？」

五郎吉が詰め寄る。

文蔵は、居心地悪そうな様子で、

「困るんですよ」

「何だと？」

文蔵は、ふーっと重苦しい溜息をつくと、

「親分さんが火付盗賊改の御用を勤めていることは承知しております。決して、御用を軽んじているわけではありません。それをわかっていただきたいのです」

「だから？」

「わかって下さいましな。御番所の筋からお咎めを受けるのも恐いんですよ」

「忠治親分には話を通してあるぜ」

五郎吉が気色ばむ。

「……」

文蔵は、ううむと唸るばかりだ。

「親分」

と、九兵衛が背後から声をかける。

「何だ？」

五郎吉が振り返る。

「さっき、わたしらが井戸端で話を聞いているときに……」

九兵衛にそう言われて、五郎吉にもピンときたようだ。

「三吉が来たのか？」

五郎吉が文蔵に訊く。

「……」

文蔵は黙ったまま、小さくうなずく。

「三吉は何と言った？」

変わる。

「おい、はっきり言いなよ。何なら、牢屋敷に来てもらってもいいんだぜ」

五郎吉は文蔵を脅した。火付盗賊改の権威を見せつけたのだ。途端に文蔵の顔色が変わる。

「どうか、ご勘弁を……。三吉さんが言うには、余計なことを言うと、ただではすまないと思え。ぺらぺらしゃべると、忠治親分は決して喜ばないだろうし、おまえもこの町では暮らしにくくなるだろう、と」

「三吉がそんなことを言いやがったのか……」

五郎吉の顔が朱に染まる。

「なめやがって！」

「……」

文蔵はうつむいて、小さくなっている。

(ちくしょうめ！)

五郎吉は腹が立ったが、文蔵が悪いわけでないことは承知している。

(何だって、邪魔ばかりするのか……？)

いくら火付盗賊改と町奉行所が犬猿の仲だとはいっても、忠治の嫌がらせは、念が入りすぎているような気がする。五郎吉が新八の請け証文を見に来るだろうと予期していて、先回りして戸口に鍵をかけてしまったようなものだ。

(なぜだ……?)

なぜ、一年も前の事件について、これほど忠治がこだわるのか、五郎吉にはそれがわからない。

十三

由利の足取りは重かった。

小伝馬町の牢屋敷からの帰り道である。

由利は、昨夜、「源七」で盗人たちの押し込みの相談を耳にしてしまった。

散々迷った挙げ句、

(届けよう……)

と、由利は決心した。

本来ならば、自身番に届け出るのが筋であろう。

自身番には、町役人が詰めている。町役人から町奉行所に訴えを通達するというのが、普通の流れだ。

由利が、自身番を通さず、直接、牢屋敷に出向いて火付盗賊改方の同心・大久保半四郎に面会しようとしたのは、万が一、由利の訴えが何かの間違いであったときに自身番を通したのでは、取り返しがつかないと思ったからだ。

だが、火付盗賊改ならば、由利自身が頭の中山伊織とも面識があったし、

（あの人ならば、無体なことはするまい……）

と、伊織を信頼する気持ちも生まれていたから、由利は火付盗賊改に訴え出ようと思ったのである。

ところが……。

牢屋敷の門前には足軽が立っていた。

由利が表門をくぐって中に入ろうとすると、

「こら、勝手に入るな」

足軽が制止した。

「何の用だ？」

態度がひどく高圧的である。

「あの……。火付盗賊改の同心・大久保半四郎さまにお会いしたいのですが……」

由利が腰を屈めつつ、用向きを告げた。

「火付盗賊改だと……？」

足軽は、由利をじろじろ眺めながら、

「どういう用件だ？」

「それは……。直接会ってお話ししたいのですが」

と、由利が言うと、足軽は気を悪くした様子で、

「ふんっ！　わしなどには言えぬというのか？」

「いいえ、そういうわけでは……」

由利は困惑した。

「ならば言ってみたらどうだ？」

「……」

由利が黙り込む。ここで話すくらいならば、自身番で話しても同じであろう。

「なぜ、名主なり、家守なりを通して話をしないのだ？　おまえのような小娘がいきなり訪ねてきて、何を話すというのだ？」

「……」

「わしは、木石（ぼくせき）のようにここに突っ立っているだけではないぞ。用件すら、きちんと言えぬような怪しい者を通さないことも大切なお役目なのだ」

「怪しい者ではございません」

由利は目に涙を溜めて抗弁したが、足軽は由利の涙に心を動かされる様子もない。

ちょうど虫の居所が悪いときに由利が来合わせてしまったのか、それとも、元々意地

が悪い男なのか、足軽は由利の前に立ち塞がって通してくれようとはしない。

由利が諦めて帰ろうとしたとき、門の内から、

「どうした？」

着流しに黒紋付きの羽織を着た同心が現れた。

「あ、これは……」

足軽は、それまでの高圧的な態度が嘘のように卑屈に畏（かしこ）まった。

そもそも門番の足軽には来客と応対する役目などはない。牢屋敷を訪ねて来た者には、当番の同心が対応することになっている。足軽と由利とのやりとりを、たまたまこの同心が目にして、門前に足を運んで来たらしい。足軽は同心に事情を説明した。

「ふうむ、火付盗賊改の同心・大久保半四郎殿とな……」

同心は、小首を傾げてしばらく考えている様子だったが、

「ああ、思い出した。あの御仁だ。だが、生憎と出かけてしまったぞ」

と言った。半四郎の顔を思い出したらしい。

「え」

由利は思わず声を出した。

半四郎がいないとなると、誰に訴えればよいのであろうか？

由利は、途方に暮れた。

この同心の言ったことは、嘘ではない。

大久保半四郎は、一日に最低一度は番町の伊織の屋敷に出かけるのが日課になっている。由利が訪ねてきたときには、半四郎はすでに番町に向かった後だった。

由利にとって、不運なことは、この同心が町奉行所の同心だったことだ。火付盗賊改の同心だったならば、半四郎が伊織の屋敷に行ったことも知っていたであろうし、半四郎が必ず牢屋敷に戻ってくることも知っていたはずである。

だから、由利が、

「お戻りになりますでしょうか？」

と訊いたときに、

「さて……。わからぬな」

と町方の同心が答えたのは、本当にわからなかったのだ。

由利は、諦めて帰るしかなかった。腰を屈めて頭を下げると、由利は、牢屋敷に背を向けて歩き出した。

同心が背後から、

「待たぬか。その方、名は何と申す？」

と声をかけたが、由利は振り返らなかった。

同心も後を追ってまで名前を聞こうとしなかったのは、やはり、心のどこかで、

（火付盗賊改に用がある者か。ならば、わしらには関わりのないこと……）

という意識が働いていたのであろう。こういう些細なところにも、町奉行所と火付盗賊改方との不仲が影を落としていたのである。

（どうしよう……？）

由利は、とぼとぼと歩きながら思案した。

小伝馬町から蠟燭町まで、堀に沿って歩けば一本道だ。空き地や野原が多く、日中でもあまり人通りがない。日暮れ近くともなると、物売りすら通らなくなる。物騒だというので人気が絶えてしまうのだ。

由利は、考え事に耽っていたせいか、うっかりこの道を歩いていた。

普段ならば、もう「源七」に向かっている時間だ。

これから、急いで行っても、遅刻することになる。

いや、そもそも「源七」に行くべきだろうか？

恐ろしい……。

しかし、何の連絡もしないで休んだりしたら、かえって怪しまれることになるのではないか？

勘助に顔を見られているのだ。「源七」が本当に盗人宿だったならば、由利の命はあるまい。

何とか、伊織に連絡する方法はないだろうか？

やっぱり、おとっつあんに相談してみようか？

とても、わたし一人の手に負えることじゃなさそうだ……。

あれこれ考えながら、歩いていると、不意に足下に人影が映った。何の気なしに由利が顔を上げると、目の前に浪人風の男が立っていた。

「あ」

と叫んで、由利は後ずさる。

背後から二の腕を誰かにつかまれる。

その手をふりほどこうとして振り返った由利の顔から血の気が引く。

「いやっ」

「勘助さん……」

由利は息を呑んだ。背後に立っていたのは勘助であった。正面に立っていたのは角右衛門だ。

「お由利坊よう……」

右手を懐に入れた勘助は、困ったような表情で頰をぽりぽりと左手でかきつつ、

「本当はこんなこと、したくねえんだけどな」

と本心から残念そうにつぶやく。

「でも、お頭の命令だから、仕方ねえんだよ。残念なんだけどな」

「助けて……」

由利の唇が震える。

（本当に盗賊だったんだ！　昨夜の話は全部本当のことだったんだ……）

ようやく由利にも確信が持てた。

だが、もう遅い。

全身が震えてきて、由利は立っていられないほどだ。

「お願いです。誰にも言いませんから、助けて下さい……」

由利とすれば、勘助に命乞いするしかない。

勘助は何も言わず、首を振りつつ足を踏み出す。

さすがにこの脳天気な男の口からも、

「お祝いだ、お祝いだ」

という得意の台詞が出てこない。

「許して」

由利が後ずさったとき、背後から角右衛門に口を押さえられる。

すかさず、勘助が由利の足を抱える。

角右衛門と勘助の二人で、由利を横抱きにして、堀沿いの草むらに飛び込む。周囲には、大人の胸に届くくらいの高さにまで草が生い茂っており、由利の姿は、すっぽりと草むらに包み込まれてしまう。

堀に向かって、緩やかに下り傾斜の土地になっているので、やがて角右衛門と勘助の姿も見えなくなる。あたりには、次第に夕闇が濃くなりつつあった。

十四

大島屋の店先に吊された提灯に明かりが灯される。ちょうど昼と夜の境目で、夕焼けが次第に赤黒く染まっていく頃だ。提灯に火を入れるには少し早い時間だが、冬はすぐに日が暮れるのでもう火を入れるのであろう、と遠目に藤兵衛は思う。

（疲れた……）

今日は早朝から活発に動き回ったので、さすがの藤兵衛も体が重くなっている。その分、収穫もあった。近江屋の周辺の堀を舟で上下し、逃走経路や金の隠し場所について具体的な感触を得たことが最大の収穫だ。金を隠す予定の墓地には実際に舟を接岸して上陸し、念入りに下見をすると共に、いざというときに必要になるものを油紙で何重にも包んで埋めてきた。慎重な藤兵衛は、不測の事態に備えて、いくつもの保険をかけることを忘れないのである。

疲れてはいたものの、満足のいく一日だったので、その疲れも心地よく感じられるほどだ。

だからといって、警戒心を緩めるわけではない。慎重さ、油断のなさというのは藤兵衛に備わっている本能のようなものだ。

油断無く周囲の様子を窺いながら、ゆっくりと大島屋に向かっていく。

どんな場合でも、警戒を怠ることがない。

万が一、いつもと違う気配を感じたならば、踵を返してしまうに違いない。

「用心しすぎて悪いことはない」

というのが藤兵衛の信条だ。

長く生き延びるためには、虎の剛胆と鼠の小心を併せ持たねばならぬ、と経験から学んでいたのだ。ちょっとした不注意のために獄門の露と消えた数多くの盗賊たちの末路を藤兵衛はよく知っていた。

藤兵衛の眉がぴくりと動く。

道の向こう側から木箱を手にした男がゆっくりと歩いてくる。沈みかけた太陽を背にしているので顔が暗い。だが、藤兵衛はそれが誰なのかすぐにわかった。

松蔵だ。

一瞬、目が合う。

藤兵衛が小さくうなずく。

「あ、大切な用を忘れとった」

藤兵衛は大袈裟（おおげさ）に自分の額を掌で叩くと、独り言を言った。そばには誰もいなかったが用心したのだ。

くるりと方向転換して大島屋から遠ざかる。

一度も振り返らなかった。

しかし、藤兵衛には松蔵が後ろからついて来ていることがわかっていた。

十五

「ふうむ、やっぱりそういうことかい……」

三吉の報告を聞いた忠治は、不機嫌そうに何度もうなずく。

三吉は五郎吉の後をつけた。五郎吉がどこに行って、誰と会ったか、調べてこいと忠治が命じたのだ。

五郎吉が常陸屋の唯一の生き残りである太吉の所に最初に行ったのはいいとして、その次に、新八が住んでいた裏店に足を運んだと聞いて、忠治は途端に機嫌が悪くなってきた。

「ふんっ。手を回しておいてよかったぜ」

忠治が三吉に命じたのは、五郎吉に張り付いて、その行動を見張ることだけだったが、ただひとつだけ、

「もし、五郎吉があの長屋に行くようなら、先回りして文蔵に釘をさしておけ」

と言い含めておいた。

そのことが役に立ったようだ。

（銀次親分に会ってきたと聞いたときから、そんなことじゃねえかと睨んでいたんだ。念には念を入れておいてよかったぜ、まったく……）

忠治には、忠治なりの思惑があるらしい。

（五郎吉の動きには、しっかりと目を光らせておかねえとな……）

顎を撫でながら、

「よし。明日もぴったりと張り付け。おかねには、よく言い聞かせておけ。余計なことを言いやがると、商売できなくなるってな」

おかねというのは、五郎吉に応対していた中年女のことであろう。

「へい」

三吉はうなずいたものの、その場から動こうとしない。

「どうしたんだよ？」

忠治が訊くと、

「へへへっ、親分、頼みますよ」

と、三吉は頭をかく。

忠治の顔色が変わる。

「金か？　昼にやったじゃねえか」

「ええ、まあ。それはそうなんですけど……」

三吉は薄ら笑いを浮かべている。

「ちょっと来い」

忠治が三吉を手招きする。

「へい」

金をくれるのかと思い、三吉はいそいそと忠治のそばににじり寄る。

ところが、忠治は、三吉の胸倉をつかむと、

「このガキ！　調子に乗りやがって」

いきなり、三吉の頬を張り飛ばす。

「てめえのような役立たずに朝晩飯を食わせて、小遣い銭までくれてやっているってのに、何だその言い草は！　少しばかり、わしの役に立ったからといって、いい気になるな。つべこべ抜かすと放り出しちまうぞ。わかったか、この役立たず！」

「親分、堪忍して下さい」

三吉は鼻血を流しながら、忠治に謝る。

「馬鹿たれが！」

忠治は、三吉を突き飛ばす。

「いいな、明日も張り付くんだぞ。怠けやがったら、ただじゃおかねえぞ」

「へい」

三吉は、鼻血を拭いながらうなずく。

ほうほうの体で忠治の前を辞すると、

（何でえ、威張りくさりやがって！　まったく、ケチくせえ親父だ……）

三吉は腹の中で忠治を罵る。

（面白くもねえ……。賭場でも覗いてみるか）

懐には、今朝、忠治からもらった金の小粒が残っている。久し振りに勝負してみようかという気になった。

十六

藤兵衛がその男に気付いたのは、体に染み付いている盗賊としての習慣のおかげでもあったし、松蔵から事前に情報を得ていたためでもあった。

あたりは薄暗く人通りが少ない。

もしも、人通りが多かったならば、藤兵衛は真っ直ぐに万年堂に入っていったかもしれない。

万年堂の前まで来て、

（まあ、念には念を入れておくか……）

ふと思い付いて、脇目も振らずに万年堂の前を通り過ぎ、しばらく歩いてから、

「あ、いかん」

と小さくつぶやいて後戻りした。

道を間違えた振りをしたわけだ。

一人芝居でもしているかのように、照れ笑いを浮かべながら、道を戻りつつ、そのくせ抜け目なく周囲に視線を走らせた。

そのとき、反対側から歩いてくる男に気付いたのだ。一目見ただけで嫌な予感がした。武士でもないのに往来を肩で風を切って歩いていく。しかも、今にも後ろにひっくり返ってしまうのではないかと思うくらいに胸を反らしてふんぞり返っている。こういう手合いのことはよく知っていた。

（十手持ちだ）

と、藤兵衛は悟った。十手持ちでなければ、十手持ちに使われている「手先」だ。しかし、手先の分際でこれだけ態度が大きいというのは珍しい。やはり、十手持ちだろう、と思う。

「あ、痛っ……」

小声でつぶやくと、しゃがみ込んで履き物に入った小石を取り出す振りをする。

その横を男が威張りくさって通り過ぎていく。

藤兵衛がふっと顔を上げる。

男が見下ろす。

意地の悪そうな顔をしている。

慌てて目を伏せる。

が、藤兵衛は男の顔をはっきりと脳裏（のうり）に焼き付ける。上目遣（づか）いにそっと男の後ろ姿を見送る。

帯の後ろに十手が差してあるのがちらりと見える。

やはり、十手持ちだったのだ。

男は真っ直ぐ万年堂に入っていく。

藤兵衛は静かに立ち上がると、日本橋川の方に歩き出す。

歩きながら藤兵衛は、

（あれが松蔵の話していた十手持ちだろうか？）

と考えていた。

松蔵は大島屋の前で藤兵衛の帰りを待ち伏せていた。人目に付くところで松蔵と話すわけにはいかないから、松蔵を神田川沿いの茂みに連れて行き、周囲に人気がないことを念入りに確かめてから松蔵の話を聞いた。

松蔵は、「手込めの松」という渾名の通り、押し込んだ先では野獣のように悪逆なことを顔色も変えずにするような男だが、普段は物静かで口数も少なく、藤兵衛の命令には忠実だ。その松蔵が掟破りを承知で藤兵衛を訪ねて来たということは、よほど重大なことが起こったに違いなかった。

「岡っ引きが新八のことを探っている」

「何だと？」

藤兵衛は耳を疑った。

「新八といったのか？」

藤兵衛が聞き返すと、

「新八」

と、松蔵はうなずき、

「加役の御用聞きだと後で家守が話していた」

と付け加える。

「加役」

と聞いて藤兵衛の表情が引き締まる。火付盗賊改が一年前の常陸屋の一件をいまだに調べているという。

(まだ諦めてなかったのか……)

藤兵衛は舌打ちする。

「本当に加役の岡っ引きか？　町方ではないのか」

「違う」

松蔵が首を振る。

「忠治の顔なら知っている」

「忠治ってのは、伊勢町の岡っ引きだな？」

「そう」

松蔵がうなずく。

「加役の岡っ引きの名前は？」

「五郎吉。手先を一人連れていたが、名前はわからない」

「どんな奴だ？」

「じいさん」

「じじいか。何を訊いていた?」

「新八のこと」

「だから、新八の何を調べていたかってことだ」

「わからない」

「長屋の者たちは何と答えた?」

「誰も何も言わない」

「加役の岡っ引きに聞き込みをされて、誰も何も言わなかったってのか?」

「三吉がいた」

「三吉ってのは何者だ?」

「忠治の手先」

「口止めしたってのか?」

「そう」

松蔵がうなずく。

「五郎吉に何も話すなと口止めしたんだな?」

「そう」

「なぜ、忠治は口止めしたんだ?」

「わからない」

「で、五郎吉はどうした？」

「家守の所に行った」

「何しに？」

「わからない」

「他には？」

藤兵衛が訊くと、松蔵は首を振る。

「ところで、松蔵よ。なぜ、直接、わしのところに来たのだ？　何かあれば、まず勘助に知らせることになっているだろう。そういう決まりだぞ」

「知らせた」

「勘助には、もう知らせたのか？」

「そう」

「それなら、なぜ、わしのところに来た？」

「このことは誰にも言うなと言われた」

「勘助にか？」

「そう」

「わからねえな」

藤兵衛は首を捻る。松蔵の言うことはどうも要領を得ない。

「誰にも言うなと言われたのに、なぜ、わざわざ、わしに言いに来たのだ？」

「お頭は勘助より偉いから」

「うん？」

「お頭には言わなくてはならない」

「勘助に知らせたのならば、勘助がわしに話すだろうぜ。そうは思わなかったのか？」

「勘助は誰にも言うなと言った。でも、お頭には言う。お頭は勘助より偉いから」

「ああ、そういうことか……」

藤兵衛は苦笑いした。勘助が誰にも言うなと言った言葉を、松蔵は、「お頭にも言うな」と取り違えたとわかったのだ。

「わかった。よく知らせてくれた」

藤兵衛がうなずくと、松蔵はにこりともせずに楊枝と歯磨きの入った小箱を持ち上げて藤兵衛に背を向ける。

（こいつは馬鹿だが、忠実だ）

藤兵衛は満足した。

松蔵の話を聞いた藤兵衛が万年堂に足を運んだのは、新八の線から手がかりを辿られるとすれば、最初に行き着くのが万年堂だからだ。

新八と万年堂を結ぶ線はふたつある。

ひとつは新八が常陸屋に奉公するときに主に差し出した奉公人請状である。この請状には、新八を常陸屋に紹介した口入れ屋、つまり万年堂のことが記されている。だが、奉公人請状は、押し込んだときに藤兵衛の手で焼き払ったから、ここから足が付く心配はない。

もうひとつは、伊勢町の裏店を借りるときに家守に差し出した請け証文だ。

その証文には、新八の在所と身元保証人の名前が記されている。在所や親の名前は、言うまでもなく偽名だが、江戸に住まう身元保証人まで偽名にするわけにはいかなかった。仕事熱心な家守が身元照会でもすれば厄介なことになるからだ。

だが、そこに万年堂のことは記されていない。

江戸に居住しているものの、新八と直接には面識のない者の名前が記されている。

一種の名義貸しだ。

家守が問い合わせてくれれば、

「へえ、あいつのことは昔からよく知っています」

とでも口裏を合わせることになっている。

そのために謝礼を支払っている。

口入れ屋では、こういう名義貸しをする人間を何人か抱えているのが普通だ。

江戸は奉公人の需要が多い。

圧倒的に売り手市場なのだ。

口入れ屋というのは、人を紹介することで商売が成り立つわけだから、できるだけ多くの職を斡旋（あっせん）したいと考えるのは当然だ。しかし、職を求めてやってくる者が、皆が皆、身元の確かな者だとは限らない。中には氏素性（うじすじょう）のいかがわしい者もいる。そういう者のために身元保証人になる者が必要なわけである。あまりにいかがわしい者をそういう手段で紹介すれば、後々、問題が起こらないとも限らない。そのあたりの見極めができるかどうかが口入れ屋の眼力（がんりき）というものなのである。

新八の請け証文にも、その種の名義貸しが行われているはずだ。

藤兵衛が心配しているのは、その名義貸しと万年堂の繋がりであった。

名義を貸した者のところに火付盗賊改の岡っ引きが出向いて、ちょっと脅かせば、

「いや、あれは万年堂さんに頼まれたもので……」

と簡単に口を割るであろう。

藤兵衛としては、新八の請け証文に名前を貸した者について亀右衛門から話を聞き、場合によっては、

「消してしまう」

という腹積もりであった。そうすれば、新八と万年堂を繋ぐ糸は完全に切れる。どうせ明日にでも万年堂を訪ねようとしていた藤兵衛である。それが一日早まっただけのことだ。

今日のうちに万年堂を訪ねようとした理由は、お鶴のことが気になったからだ。亀右衛門はお奈津という若い妾(めかけ)を囲って、古女房のお鶴を邪険にしている、と藤兵衛は見た。

女の恨みは恐ろしい。嫉妬(しっと)が原因で逆上し、亀右衛門がしていることをお上に訴え出るようなことになっては、藤兵衛もただではすまない。

それで藤兵衛は、

「お鶴を抱け」

と、亀右衛門に命じた。

ふざけたわけではない。

大真面目で命じたのだ。

亀右衛門は藤兵衛の命令には逆らえない。

藤兵衛一味の生え抜きといっていい亀右衛門は、かれこれ二十年近くも藤兵衛に従ってきた。

　六衛門には及ばないが、金平と同じくらいの古株だ。それだけ長く生き抜くことができたのは、藤兵衛の命令に決して逆らわなかったからだ。藤兵衛に逆らった仲間たちがどういう末路を辿ったか、よく知っているのである。だからこそ、顔を見るのも嫌なお鶴を抱けと命令されても、素直にうなずいたのであろう。

　藤兵衛はそれを確かめたかった。

　亀右衛門がお鶴を抱いたかどうかはお鶴の顔を見ればわかる。お鶴が相変わらずの仏頂面をしていたら、藤兵衛にも考えがあった。

　しかし……。

　どうやら藤兵衛が思っている以上に悪いことが、藤兵衛の知らないところで起こっているようであった。

　藤兵衛は偶然を信じない男だ。

　ついさっき松蔵から、火付盗賊改の岡っ引きが一年前のことを嗅ぎ回っていると聞かされたばかりだ。

　その直後に万年堂の前で十手持ちに会った。

　これが偶然であろうか？

　藤兵衛は、さっきの十手持ちが五郎吉だとは思わなかった。

松蔵は五郎吉を、

「じいさん」

と言った。

さっきの十手持ちはじいさんではない。

(忠治だろうな……)

伊勢町の御用聞き・忠治に違いなかった。

なぜ、忠治が万年堂にやってきたのか藤兵衛にはわからない。

だが、お上の御用を勤める十手持ちが、たまたま万年堂に茶飲み話にやってきたところに藤兵衛が出会(でくわ)したなどという偶然を信じるよりも、

(亀右衛門と忠治は繋がってやがる……)

と考えた方がよほどしっくりくる。

その繋がりが何なのか見当もつかないが、

(何かある……)

亀右衛門は隠し事をしている。それだけは確かだ、と思う。

夕暮れ時の町を歩いていく藤兵衛の表情は険しい。

十七

五郎吉の女房・お佐知がやっている小料理屋「みみずく」は、日本橋・長谷川町にある。

同心から手札をもらって、親分などと呼ばれる手合いは、料理屋や絵双紙屋など何かしら商売をしているのが普通だ。

ひとつには、商売をしていると、日常、町内で起こる大小様々な事件が耳に入りやすく、便利だということがある。実際のところ、お上の御用を勤めるだけでは食っていけないという事情もある。

中には、大勢の子分を抱え、町の衆に寄生して博徒のような暮らしをしている者もいないではないが、そういう者は、町の衆の恨みを買い、後々、しっぺ返しを食って、終わりを全うできないことが多い。

いい気になりすぎて足をすくわれ、牢屋敷で最期を迎えた岡っ引きや小者を、五郎吉は何人も知っている。お上の御用を勤めているといっても、元々は、自分自身が犯罪者なのだから、一歩間違えると自分がお縄にされてしまうわけだ。岡っ引きが牢屋敷に入れられたら、まず生きては出られない。同房の囚人たちになぶり殺しにされると相場が決まっている。

（ああいう風にだけはなりたくねえ……）

五郎吉は、四十を過ぎる頃から、どうすれば町の衆の恨みを買わずに十手持ちから足を洗えるかということに腐心してきた。

そのおかげで、

「親分、引退するなんて言わずに、いつまでもこの町の面倒を見て下さいよ」

と町役人から言われるまでになっている。

（まあ、何とかなりそうだ……）

と思いつつ、五郎吉は五十を迎えることができたというわけだ。

その五郎吉の引退後の拠り所になるのが、この「みみずく」なのだ。

「みみずく」の板前は三四次という三十過ぎの冴えない男で、正式に料理の修業をしたわけではないが、腕はいい。

元々、三四次は、五郎吉の下引きをしていた。

下引きとしては役に立たない男だった。

腕っ節が強いわけでもなく、頭の回転も鈍く、五郎吉も、

（とても、お上の御用を勤めることはできねえな……）

早々に見切りをつけていた。

かといって簡単に放り出すこともできないので、

「雑用にでも使ってやってくれ」

と、三四次をお佐知に押しつけた。

ところが、天職というのはあるもので、厨房に立った三四次は、人が変わったように生き生きと働き、五郎吉が舌を巻くような鮮やかな包丁さばきを見せるのだ。三四次の才能を知った五郎吉は、三四次を下引きから正式に足を洗わせ、「みみずく」の板前として厚遇している。


五郎吉と九兵衛が帰ってきたときには、すでにとっぷりと日が暮れていた。二人とも疲労で足が重い。

新八の裏店で聞き込みを行った後、

「ちょっと思い付いたことがある」

と言って、五郎吉は伊勢町の自身番に寄った。

そこで町役人に頼んで伊勢町の人別帳（にんべつちょう）を見せてもらった。火付盗賊改の御用だ、と言うと町役人は余計なことを何も言わずに五郎吉の要求に応えてくれた。九兵衛と手分けをして必要なことを書き写すと、小伝馬町の牢屋敷に向かった。調べたいことがあって、午後はずっと牢屋敷で過ごした。

疲れはそのせいだ。

もっとも、その甲斐あって、五郎吉の思いつきは実を結んだ。大きな収穫があったのだ。そのせいか、疲れてはいるものの、五郎吉の機嫌は悪くない。

二人は裏口から入った。表の方からは賑やかな声が聞こえる。繁盛しているようだ。土間で足を洗っていると、お初が顔を見せる。五郎吉の娘で、十六になる。

「あら、やっぱり、おとっつあんだったのね。何だか、物音が聞こえたような気がしたもんだから」

「あんなに賑やかなのによく聞こえるな」

五郎吉は笑いもせずに言った。疲れ切った表情をしている。

「ごはんにする？」

お初が訊くと、

「いや、いい」

五郎吉は首を振りつつ、

「少し疲れたんで、二階で横になる」

と階段を上っていく。

ふと何かを思い出したように、途中から階段を下りてくると、

「九兵衛には食わせてやれ」

とお初に言った。

「はい」

「……」

「お兄ちゃんなら来てないわよ」

お初が言うと、

「そんなこと、聞いてねえ」

五郎吉は、不機嫌そうに階段を上っていった。


力一杯障子を閉めると、五郎吉は畳の上にどっかりと坐り込む。腰のあたりに疲れが溜まっているのがわかる。

お初に揉みほぐしてもらうと、腰が軽くなる。疲れがすーっと抜けていく。女房のお佐知ではこうはいかず、何かコツでもあるのか、お初の按摩(あんま)でなければ駄目だ。

（少し揉んでもらうか……）

立ち上がろうとして、不意に先程のお初との会話が甦(よみがえ)る。

（ちっ！　余計なことを言いやがって）

途端に五郎吉の表情が険しくなる。

五郎吉には朝吉(あさきち)という十九になる倅(せがれ)がいる。

朝吉は誰に似たのか、真面目にこつこつ働くことが嫌いで、家にも滅多に寄りつかず、悪い仲間と遊び歩いている。

朝吉さえしっかりしていれば、三四次のような役立たずを下引きとして使おうと考えることもなかったであろうし、五十過ぎまで小者を勤めることもなかったかもしれない。朝吉という放蕩息子は、喉に刺さった魚の骨のように五郎吉を悩ませる存在だった。

朝吉が、時折、五郎吉の留守を狙うように訪ねてきてはお佐知に小遣い銭をせびっていることを、つい最近知った。

朝吉の無心が頻繁になり、お佐知からせびり取る金額も馬鹿にならなくなってきたので、それを心配したお初が、

「そんなことばかりしているとお兄ちゃんのためにもならないわよ」

と、お佐知に意見しているのを偶然耳にした。

（朝吉が来ているのか……）

なぜ、あのときはっきりと、

「金なんぞ渡すな」

と、お佐知を怒鳴りつけなかったのか、自分でもわからない。聞かなかった振りをした。

が、お初は感づいた。

それで、

「昨日、お兄ちゃん、来たよ」

とか、

「おっかさんたら、またお金を渡すんだもの」

とか、それとなく五郎吉に知らせるようになった。

(何でかな……？)

なぜ、お佐知を怒鳴りつけなかったのか？

五郎吉がその気になりさえすれば、朝吉の首根っ子を押さえることなど難しいことではない。

なぜ、そうしないのか？

自分では認めたくないことだったが、そんなことをすれば、

(今度こそ、朝吉との縁が切れちまう……)

自分がそのことを恐れているのだと五郎吉にはわかっている。

朝吉とて、昔から悪かったわけではない。

十くらいまでは、おとっつあん、おとっつあん、とうるさいくらいに五郎吉にまとわりつき、

「おとっつあんのような御用聞きになる。悪い奴らを懲らしめてやる」

と父親を尊敬に満ちた眼差しで見つめていたのだ。それがいつの頃からか五郎吉に反発し、ろくに口も利かないようになった。

五郎吉としては、決して口には出さないものの、

（いつか昔の朝吉に戻ってくれるのではないか……）

そんな願いを抱いている。

放蕩三昧の生活を送っている今の朝吉が本当の姿ではなく、幼い頃の朝吉こそが本当の姿なのだと信じて、いつか目を醒ましてくれるという期待を捨て去ることができないのである。

（まったく、何だってあんな風になっちまったのか……）

五郎吉は畳の上に横になる。

朝吉とは対照的に妹のお初はしっかり者だ。

気っ風がよく、さっぱりとした気性で、

（お初が男だったら……）

と思わぬでもない。

そうだったならば、どれほど肩の荷が軽かったことか、とついついそんなことを想像してしまう。

（まあ、御用聞きはわしの代で終わりということで、お初にはいい婿を見付けて、「みみずく」を継がせればいいいか……）

そう考えて五郎吉は自分を納得させる。

さて、お初にはどんな婿がいいのかと考えて、不意に脳裏に九兵衛の顔が浮かび、

「あ」

と、五郎吉は起きあがる。

そのまま階段を下り、

「お初」

と呼ぶ。

「何よ、どうしたの、おとっつあん」

「九兵衛はどうしてる？」

「どうしてるって……。ごはん、食べてるけど」

「酒は？」

「酒？　お酒も出すの？」

「ああ。あいつも今日はくたくたに疲れているはずだ。酒でも飲ませてやれ」

そう言うと、五郎吉は階段を上り始める。

お初が、

「おとっつあん、腰、揉んであげようか？　痛むんじゃないの？」

と声をかけたが、五郎吉は黙って手を振った。いらない、というのであろう。

「あ、そう」

お初は口を尖らせ、

「素直じゃないんだから」

と、つぶやく。


五郎吉は、ふーっと大きな溜息をつくと畳に横になる。

（九兵衛か、妙な奴だ……）

ただ、妙な奴ではあるが、少なくとも悪人ではない、と五郎吉は思う。

実は、今日の帰り道、おかしなことがあった。

家守の文蔵に話を聞いてから、五郎吉と九兵衛は伊勢町の自身番に寄って人別帳を見せてもらった。気になることがあったのだ。自身番で調べたことを確かめるために、二人は小伝馬町の牢屋敷に向かい、半日がかりで調べ物をしたのだが、伊勢町から小伝馬町に向かう途中、二人は見知らぬ武士から声をかけられた。

正確に言えば、その老いた武士は、九兵衛に声をかけたのだ。

「もし」

背後から呼びかけられて二人は足を止めた。

振り返ると、上品な物腰の武士が、

「進之介さまではございませんか」

と、九兵衛に言ったのである。大身の旗本屋敷で用人でも勤めていそうな実直そうな老人だ。

（え）

と、五郎吉は思ったものの、九兵衛は驚いた様子もなく、

「人違いでございましょう」

と答えた。

「人違い……」

老武士は小首を傾げると、

「拙者、岡島次郎左衛門と申しまするが」

と名乗った。

「存じませぬ」

九兵衛は、深々と頭を下げて老武士と顔を合わせようとしない。

「失礼ですが、お名前は？」

老武士が慇懃に訊ねると、ほんの一瞬、九兵衛は躊躇う様子を示したが、

「九兵衛、と申しまする」

と答えた。

「九兵衛殿……」

次郎左衛門は小首を傾げ、眉間に小皺を寄せた。

「すみませんが、急いでますんで」

九兵衛は次郎左衛門に背を向け、歩き出そうとする。

「本当に急いでるんですよ。わしは加役の十手を預かる長谷川町の五郎吉と言います。腑に落ちないことがあるのなら、長谷川町の『みみずく』って小料理屋を訪ねて来て下さいな。わしの女房がやってる店ですから」

五郎吉はそう言うと、九兵衛に続いて歩き出した。

すると、

「虎千代(とらちよ)さまが危険なのです」

次郎左衛門が背後から呼びかけた。

一瞬、九兵衛の体が震えたように五郎吉には見えた。が、九兵衛は足を止めず、次郎左衛門もそれ以上しつこくしようとはしなかった。

そのとき五郎吉は、

(何か深い事情がありそうだな)

と直観したものの、九兵衛が何も言わないので、敢えて詮索しようとはしなかった。それに五郎吉がきちんと名乗ったのだから、用があれば次郎左衛門は長谷川町に訪ねて来るだろうと思った。

（誰だって、人に言えない悩み事のひとつやふたつはあるものなあ……）

そんなことをとりとめもなく考えているうちに、いつか五郎吉の口からは静かな寝息が洩れ始めている。

九兵衛は、厨房で飯をかき込んだ。丼飯を二杯、最後は残った飯に沢庵を載せ、味噌汁をかけて食った。飯を食い終わって一息ついて、

（茶でも、もらおうか……）

と考えているところに、

「はい、どうぞ」

と、お初が徳利を置く。

九兵衛が驚いて顔を上げると、お初は何がおかしいのか、くくくっと笑い、

「あんた、気に入られたようね」

「親分にですか？」

「そうよ」

お初はうなずく。

「わざわざ二階から下りてきて、九兵衛に酒でも飲ませてやれ、って言うんだもの。こっちがびっくりしちゃった」

「へえ」

「へえ、じゃないわよ、あんた」

お初は、九兵衛の背中をどんと叩く。

「うちのおとっつあんみたいに愛想のない人がそこまで他人に気を遣うなんて、前代未聞なんだからね。もっと大袈裟に驚きなさいよ」

「はい」

九兵衛は素直にうなずく。

お初は、ぷっと吹き出し、

「あんたも変な人ねえ。ひょっとして、あんたはおとっつあんと似たような人なのかもしれないわね」

お初は、九兵衛の隣に坐りこんで頬杖(ほおづえ)を突きつつ、

「おとっつあんは、寝付きが悪い人でね。横になっても、すぐには眠れないの。布団の中でごろごろ寝返りを打ちながら、いろいろなことを考えるらしいんだけどね。きっと、あんたにお酒を出せというのも、布団の中で不意に思い付いたのよ」

独り言のようにしゃべり出す。

九兵衛は黙って聞いている。

「おとっつあんみたいに、取っつきにくい人はね、なかなか他人を信用しないの。でも、本当は人がいいのよ。結構、涙もろいところもあるしね。それを隠すために、いつも仏頂面をしてるんだとわたしは思うわけ」

「はあ……」

「ねえ、これからも、ずっとここにいるの？」

「わかりません」

九兵衛には本当にわからないことだ。それを決めるのは九兵衛ではない。

「あんたのことが、ものすごく気に入っちゃって、お初をもらってわしの後を継いでくれ、なんておとっつあんに頼まれたら、あんた、どうする？」

「え」

九兵衛は噎(む)せた。

お初は、瞬きもせず、大きな瞳でじっと九兵衛を見つめている。

「……」

九兵衛は、何と答えていいものかわからない。

そこに、

「油を売ってるんじゃないよ。こっちは目が回りそうなくらいに忙しいんだから」

母親のお佐知が顔を出す。

「あ、忘れてた」

お初は、ぺろりと舌を出すと、立ち上がる。

「ごめんね、やかましい娘でしょう」

お佐知が九兵衛に微笑む。

「明るくて、いい娘さんです」

「そんなことお初に言っちゃ駄目よ。馬鹿だから、本気にするからね」

うふっとお佐知は声を出して笑うと、

「今日は疲れたでしょう。のんびりお酒でも飲みなさいな。足りなかったら遠慮せずに言ってちょうだい」

「すみません」

九兵衛はほっと小さな溜息をつき、手酌で猪口に酒を注ぐ。

(いいおかみさんだな。それに、明るくていい娘だ……)

五郎吉親分はいい家族に恵まれていなさる、と九兵衛は何となく羨(うらや)ましいような気になった。

九兵衛は酒をなめながら、今日一日に起こったことを頭の中で反芻(はんすう)し始める。

五郎吉と共に足を運んだ場所、会った人間、話の内容などを順番に思い返していったのだ。但し、老武士に声をかけられたことだけは、強いて頭の中から閉め出した。

(じい、進之介はもう死んだよ……)

一瞬、胸が締め付けられるような切なさが心の奥底から湧き上がってきて、長く封印してきた記憶の奔流が迸りそうになるのをかろうじて押さえ込む。

(いかん。おれは、九兵衛なのだ。進之介ではない。根無し草の無頼漢だ。今更、未練がましいことをして何になるというのだ)

九兵衛は、ふーっと大きく息を吐き出すと、五郎吉と調べたことについて順繰りに反芻していった。

九兵衛が引っかかったのは、新八が住んでいた長屋の家主・文蔵の対応だ。

なぜ、請け証文を見せることを拒むのか?

文蔵が言うには、伊勢町を縄張りにする町奉行所の小者・忠治の指図だという。

なぜ、忠治はそんな邪魔立てをするのか?

これは、一年も前の事件だ。

そもそも、常陸屋が襲われた直後、新八が盗賊の手引きをしたという疑いが持たれたはずだ。

なぜ、そのときに請け証文を調べなかったのか?

証文には、少なくとも請人の名前と住所が書いてあるはずだ。そこから、盗賊に繋がる手がかりがつかめるかもしれないではないか。九兵衛のような素人にも、そのくらいのことはわかる。

一年前、五郎吉が請け証文を見ることができなかったのは、町奉行所の筋から手が回って、邪魔立てされたからだ。

それならば、町奉行所の方では調べたのだろうか？

実際、盗賊は捕まらなかったのだから、調べたとしても手がかりにはならなかったのかもしれない、と九兵衛は思う。

（今更、忠治親分が妙な小細工をする必要もなかろうに……）

九兵衛には、そこのところがわからない。

十八

お園が身を起こし、汗ばんだ体に襦袢を羽織る。

藤兵衛が手を伸ばして、立ち上がろうとするお園を抱き寄せる。

「やめて下さいよ」

「ふふふっ、いいじゃねえか」

「なんですか、しつこいのは青臭い小僧のすることですよ」

「おまえのおかげで、わしも若返ったのだろうよ」

「馬鹿なことを」

お園は眉の間に小皺を寄せ、藤兵衛の手を払いのけると、次の間の襖(ふすま)を開ける。盆に載っている徳利を手に取ると、お園は立ち膝のまま、ごくごくと冷酒を喉に流し込む。口の端から洩れる酒が、お園の細い喉を伝わって流れ落ちるのが、妙に色っぽい。

お園は藤兵衛の視線を意識しているのか、時折、ちらりちらりと横目で藤兵衛を見る。藤兵衛は布団に腹這いになってお園を見つめているのだが、視線はどうしても女(じょ)郎蜘蛛(ろうぐも)に引き寄せられてしまう。

お園とは毎日のように「浜木綿」で密会している。

お園の体を味わうたびに、

（ああ、女ってのは、こんなにいいものだったのか……）

と、藤兵衛は新鮮な驚きを感じる。

お園のおかげで、

「若返った」

という言葉は、藤兵衛の本音なのだ。

女についてはは玄人といっていい藤兵衛がそう思うのだから、お園の肉体には魔性の魅力があったのであろう。その幻妖な魅力がどこから滲んでくるかといえば、

(あの女郎蜘蛛に違いねえ……)

と、藤兵衛は思うのだ。

まったく不思議な入痣なのである。お園の太股に張り付いた人面の女郎蜘蛛が藤兵衛を幻惑する。時に藤兵衛は、お園と寝ているのだか、女郎蜘蛛を犯しているのだか、わからなくなることがある。

ふと、藤兵衛は、

「何だって、そんな彫り物をする気になったのだ?」

と、お園に訊く。

えっ、という顔でお園は藤兵衛を見て、

「何ですよ、急に」

と前を隠す。

「ちょっと気になったからよ。そんな彫り物は今まで見たことがねえ」

藤兵衛が言うのは、もっともだ。

刺青というのは、元々は原始社会の習俗といってよく、時に宗教的な意味合いを持つこともある。

なった。

　その後、社会が発達するに従って、刺青は刑罰の一種として用いられることが多くなった。

　江戸時代の初期には、主として盗犯に対する罰として刺青がなされた。腕や額に決められた文様を彫るのである。その場合には、あまり複雑に文様が彫られることはなく、二筋の太い線とか×印のようなものだった。幕府の遠国奉行では刺青を腕に彫り、諸藩では額に彫ることになっていたから、刺青の彫られた場所や形で、どこで刺青が彫られたか大体わかるようになっていたのである。

　この頃には、ごく単純な文様やせいぜい文字を彫るくらいのもので、華麗な図柄を彫るというのは、まだ一般的には普及していない。派手で、細工の細かい刺青が大流行し、ごく普通の一般人にまで刺青が浸透するのは、将軍・家斉の時代である。お園の女郎蜘蛛は、その流行に五十年以上も先んじていることになる。

「これはおっかさんの形見なんですよ」

　お園は面白くもなさそうに答えた。

「形見とは、どういうわけだ？」

「わたしのおっかさんも女郎だったんですよ。お上のお墨付きをもらった吉原の女郎じゃなく、売女の類です。わたしのように大きくはなかったけど、やっぱり体に彫り物をしてましてね。おっかさんは、あまり器量のいい方じゃなかったらしいけど、彫り物を珍しがって結構いい客がついていたらしいんです。おっかさんが死んでから、わたしは廓（くるわ）で育てられたんですが、いよいよ客を取るという年頃になって、わたしの養い親が、派手な彫り物をしたら人気を呼ぶに違いないなんて考えましてね」

「それでおっかさんの形見ってわけかい？」

「ええ、つまらない話でしょう？」

「誰が彫ったんだ？」

「この国の人じゃないんです」

「というと？」

「わたしもよく知らないんですけど、何十年も前に長崎にやってきた大陸の人間が、日本の女と恋仲になって逃げたというんです。二人で逃げ回った挙げ句に江戸に流れてきて……」

「その男が彫ったのか？」

「ええ」

　お園はうなずいた。

「真っ白な髭（ひげ）を生やしたおじいさんでしたけど、これを彫ったのも随分前のことだから、今では生きているかどうか」

「どこの岡場所にいたんだ？」

「そんなこと、根掘り葉掘りしつこく訊かないで下さいな……」

お園は不機嫌そうに頰を膨らませた。

「これが最後だよ」

「富岡八幡（とみおかはちまん）の門前ですよ」

「ふうん、深川（ふかがわ）か……」

「もう、わたしのことはおしまい」

「わしにも一杯くんな」

藤兵衛は体を起こす。

お園は徳利と猪口を持ってくる。

「どうぞ」

「うむ」

藤兵衛は酒をなめながら、

「金平の具合はどうだ？」

「嫌ですよ、こんなときに亭主の話をするのは」

お園が顔を顰（しか）める。

「そうかよ」

「それとも何ですか、七つの時からお頭が金平の親代わりのようなものだったというし、やっぱり心配なんですか?」

「そりゃあ、心配だ」

藤兵衛がうなずく。

「嘘」

くくくっとお園が小さく笑う。

「嘘とは何だよ」

「お頭はそんなに甘い人じゃありませんよ。お頭が心配してるのは、金平がこのまま死んじまったら、その後釜をどうしようかってことでしょう?」

「……」

「大店の算盤を預かれるような盗賊なんてのは滅多にいないでしょうからね」

「まあ、それもある」

「金平はもう駄目ですよ。いつ死んでもおかしくないくらいに具合が悪いんですから。今夜、わたしが帰ったときに、金平が布団の中で冷たくなっていたとしても不思議じゃないくらいです」

「やっぱり駄目か」

「金平のことなんか、どうでもいいじゃないですか」

「冷てえな、おまえの亭主だぞ」

「ふんっ」

　お園が不快そうに鼻を鳴らす。

「金にモノをいわせてわたしを買っただけですよ。向こうはどう思っていたか知りませんけど、金平が好きだから一緒になったわけじゃありませんから。身請けするだけの金を持っている男なら、誰だってわたしを買えたんですよ。だから、金平が死にかけているといっても、別に悲しくありませんよ。いけませんか？」

「いや、そうかもしれねえな」

　お園は藤兵衛の背中に頬を押し付け、

「ねえ、お頭……」

　と囁いた。

「何だ？」

「もうすぐですねえ」

「何が」

「稼ぎですよ」

「ああ、おまえが知っていることを全部教えてくれればな」

「教えたじゃないですか」

「図面はもらったけどな。肝心の金の隠し場所は、まだ聞いてねえよ」

「いつ、近江屋に押し込むか、それを教えてくれれば、わたしだって教えますよ」

「次の新月の夜だ」

「え?」

お園は驚いたように顔を上げる。

「近江屋には次の新月の晩に押し込む」

「新月……」

「金はどこだ?」

「金は……」

お園は、藤兵衛に術でもかけられてしまったかのように呆気なく口を開く。

「仏間の床の下に埋めてあります」

「仏間?」

「近江屋の主は、火事を何よりも恐れているらしく、母屋や土蔵が燃えても心配ないように千両箱に小判を詰めて、土の中に埋めてあるそうです。土蔵にも千両箱は積んでありますが、その中に小判や大判は大して入っちゃいません。銭がほとんどで、それに金や銀の小粒が混じっているくらいのものですよ。囮なんですよ。近江屋の主は、とにかく疑い深い男だそうで、使用人たちのことも信用していないらしいんです。だから、財産は蔵にあると信じさせるための目眩ましなんです。そのために大判や小判もほんの少しだけ混ぜてあるのだと、金平が言ってました。日常の商売に必要な分を除けば、小判はすべて地面の下ですよ。帳簿を整理した後に、金平が小判を主のところに運んでいたんだから、これ以上確かなことはないでしょう？」

「いくらあるんだ？　どうせ、それも金平から聞いているのだろう？」

「土蔵にあるのは、全部合わせてもせいぜい千両くらいのもので、地面の下には一万両は埋めてあるっていう話です」

「一万両か……。やっぱりな」

藤兵衛がつぶやく。手酌で酒を呷る。

「そんな大金、どこに隠しておくんです？」

お園がさりげなく質問する。

「何だって、そんなことを訊くんだ？」

「ちょっと気になっただけですよ」

「そうかい」

「ねえ、わたしにも教えて下さいよ」

藤兵衛は、じっとお園を見つめ、

「聞いてどうする？」

と逆に訊く。

「どうもしやしませんよ。ただ、わたしだって仲間になったんだから、教えてくれたっていいじゃありませんか」

お園は拗(す)ねたように口を尖らせる。

「……」

藤兵衛は返事をせず、黙って猪口に酒を注ぐ。

「お頭、本当はわたしのことを仲間だと思ってないんでしょう?」

「そんなことはない」

藤兵衛は酒をなめる。

「いいえ。そうに決まってますよ。だから、本当のことを教えてくれないんですよ」

「仲間のことも、盗人宿のことも、ちゃんと話したじゃねえか」

「そんなこと、金平から聞いて、知っていることばかりでしたよ」

お園は膨(ふく)れっ面(つら)だ。

「わたしはね、お頭の口からお頭しか知らないことを教えてほしいんですよ。本当の仲間だという証(あかし)が欲しいんです」

「……」

藤兵衛は黙りこくっている。

「お頭……」

お園は、悔し涙を目に浮かべて藤兵衛に詰め寄る。

「信用してないんでしょう？　裏切ると思っているんでしょう？　お頭を騙すって、そう思ってるんでしょう？」

「……」

藤兵衛は、お園の目を覗き込む。

（お園はわしを裏切るかな……）

そんなことを考えている様子だ。

お園は、今までに関係を持った女たちとは全然違っている。知り合ってからほんの数日しか経っていないのに、何年も連れ添ったかと思えるくらいに、しっくりくるのである。藤兵衛の嗜好を知り尽くしているのではないかという気がするほどだ。

（一生連れ添う女ってのは、こんなものなのかもしれねえ……）

藤兵衛は、お園との運命の繋がりのようなものを感じずにいられない。

（いっそ、この稼業から足を洗って堅気になり、お園と所帯を持ってみようか……）

そんな甘い夢を見せてくれる女なのだ。

一方で、怜悧な藤兵衛の頭脳は、お園が危険な女だということも見抜いている。

（あの女郎蜘蛛はお園かもしれねえ。男を食らって生きてやがる。わしも食われちまうのかな？）

そんな気もする。

（信用していいものか、悪いものか……）

藤兵衛も半信半疑なのだ。お園の心を確かめてみたい気もするが、それは危険な賭けであろう。

お園は藤兵衛の胸にしがみついて、涙目で藤兵衛を見上げている。

藤兵衛は心を決めた。もやもやとした心の迷いを吹っ切るために、危険な賭けに手を出したのだ。

「よかろう。金をどこに隠すのか、教えてやる」

にこりともせずに言う。

十九

一時間ほど経ってから、藤兵衛とお園は「浜木綿」を出た。

すでに日がとっぷりと暮れている。

「それじゃ、お頭」

お園は藤兵衛の耳元に唇を寄せて囁（ささや）いた。

顔を離すときに、藤兵衛の耳朶（みみたぶ）をやさしく嚙み、ふふふっと笑いながら、お園は小走りに去っていく。

藤兵衛は、暗がりに消えていくお園の後ろ姿を表情も変えずに見送る。

（どうかしちまってる……）

藤兵衛は不機嫌そうに顔を歪める。

お園にせがまれて、藤兵衛は金の隠し場所を教えた。途端に機嫌がよくなったお園は、藤兵衛にしなだれかかってきて、

「ね、もう一度……」

と、藤兵衛を誘った。

藤兵衛が気に食わないのは、その誘いに自分が乗ってしまったことだ。

理屈ではない。体が反応した。

お園の肉体を欲して、藤兵衛の男性が力を甦らせたのだ。

（一晩に二度も寝るとはな……。けっ、本当に小僧っ子のようだぜ）

何だか、お園に手玉に取られたようで、後味が悪かった。そのくせ、お園の肉体を十分すぎるほど堪能したのだから、矛盾している。藤兵衛にとってのお園というのは、体に毒だとわかっているのに飲まずにいられない妖しい酒のようなものなのであろう。「浜木綿」の前で藤兵衛がぼんやりと突っ立っていると、前方から鼻歌が聞こえてきた。

やがて、姿を現したのは、釣り竿を肩に担いだ吉五郎だ。「浜木綿」の主人である。吉五郎は、滅多に店にいることがなく、商売は女房に任せて、大抵は釣り竿を担いでどこかに出かけている。

たまに顔を合わせると、

「いらっしゃいまし」

と挨拶だけして、無駄口は叩かない。「浜木綿」にとって、藤兵衛は古い馴染み客のはずだが、藤兵衛は吉五郎と時候の挨拶くらいしか言葉を交わしたことがない。

藤兵衛に気付いて、吉五郎も足を止める。

暗がりにいるので、最初は藤兵衛だとわからなかったのだろうが、藤兵衛だとわかると、口元に柔らかな笑みを浮かべて、

「毎度ありがとうございます」

と丁寧に頭を下げる。

それに応えて、藤兵衛も小さくうなずき、歩き出す。

吉五郎の横を通り過ぎるとき、

「この頃は、このあたりでもたまに物騒なことがありましてね。人の後をつけて、金品を奪い取ろうなんてケチな盗人がいるようです。この先の薄暗い木立の下は通らない方がいいかもしれませんよ」

独り言のように吉五郎がつぶやく。

「え？」

藤兵衛が立ち止まると、吉五郎は鼻歌を歌いながら、「浜木綿」の裏手に消える。

（妙な奴だ……）

そう思ったものの、藤兵衛は吉五郎の忠告には従うことにした。盗人など怖くはないが、大きな稼ぎを控えているときに、詰まらない怪我をするのは御免だからだ。

藤兵衛は、吉五郎が指摘した木立のあたりを避けた。

ところが、しばらく歩いていくと、背後に足音が聞こえる。一定の間隔を置いて、藤兵衛の後ろをひたひたとついてくるのだ。

あたりに人通りはまったくない。

時折、雲間から月が現れるときだけ、周囲がぼんやりと明るくなるものの、月が隠れていると闇夜である。

藤兵衛は道端の柳（やなぎ）の陰に素早く身を隠すと、懐の短刀を握り締めた。

足音が近付いてくる。

（殺してやる……）

と、藤兵衛は決める。

何の迷いもない。

そばに来たら、後ろから飛びかかって脇腹を抉(えぐ)ってやるのだ。

やって来た。

藤兵衛は身構える。

月が出た。盗人の顔が月明かりに照らされる。

（あ）

藤兵衛は声にならない声を心の中で発する。

月明かりの下に現れたのは、六衛門だったのだ。

（六じゃねえか。何だって、あの野郎が……？）

六衛門が一人であることを確かめると、藤兵衛は足音も立てずに木の陰から滑(すべ)り出て、六衛門の背後に張り付く。

「待ちな」

藤兵衛が声をかけると、六衛門は、ぎょっとしたように体を震わせる。

「何だお頭、そこにいなすったんですかい。てっきり、見失っちまったのかと思いましたよ」

「理由を聞こうか」

藤兵衛の声は冷たい。

「すみません。旅籠(はたご)に訪ねていくわけにもいかず、かといって店には勘助が居やがるし……」

「どうしたのだ？」

「へえ、あいつらのことですよ。勘助と角右衛門」

「あの二人が何だというのだ？」

「あいつら、今度の稼ぎが片付いたら、きっとお頭を裏切りますぜ」

「何だと？」

「分け前のことで文句を言い始めるときってのは、決まってそうでさ。わしらを始末して、お宝を独り占めしようって魂胆に違いありませんや」

「証拠でもあるのか？」

「そんなもん、ありゃあしませんよ。けど……」

　ふふふっと六衛門は笑う。

「ああいう欲の皮の突っ張った奴らのことを、お頭はよくわかっていなさるはずだ。わしにもわかっています」

「どうしろと言いてえのだ？」

「あいつらを片付けちまうんでさあ。稼ぎが終わった後にですよ。へへへっ、昔を思い出しますぜ。前にもありましたっけねえ、こんなことが？　お頭に楯突いた馬鹿な奴らを二人で始末したじゃありませんか」

「もう随分前のことだぜ」

「わしは今でもよく覚えていますよ。また、二人でやっちまうんですよ」

「六よ、勘助と角右衛門は腕が立つぜ。おまえの手に負えるのか？」

「ふんっ、甘く見ねえでもらいてえもんだ。わしも鱠の六と言われた男です。まだまだ腕は確かでさあ」

「六」

「へえ」

「ここに来たことを勘助に気付かれてはいねえだろうな？」

「抜かりありません」

「『源七』に戻って、何食わぬ顔でいつも通りにしていろ」

「やっちまうんですね？」

「わしの言う通りに動けばいいんだ」

「お頭、まさかとは思いますが、お頭の段取りの中にわしまで入っているのではないでしょうね？」

「馬鹿を言うんじゃねえ。わしが心を許せる仲間はおまえだけなのだぜ」

「お頭」

「何だ？」

「わしはお頭のためなら、命もいらねえ。どんなことでもします。お頭が死ねと言えば、いつでもこの老いぼれの命を投げ出す覚悟です。それだけは覚えておいておくんなさいまし」

「ありがとうよ、六」

藤兵衛は六衛門の肩を叩く。

「遅くなると勘助が変に思う。もう帰るがいいぜ」

「へい」

六衛門はうなずくと、暗がりに姿を消す。

やがて、藤兵衛も歩き出す。

藤兵衛の頭脳はめまぐるしく回転している。

今日、お園に会うまで、藤兵衛は近江屋への押し込みを迷っていた。予想外の出来事が続けざまに起こり、藤兵衛の立てた計画が少しずつ狂っていくような気がしたからだ。しかし、すでに準備に一年以上もかけていることを思えば、簡単に中止にすることもためらわれる。

それで迷っていたのだ。

手下たちとの打ち合わせでは、

「近江屋をやる」

と話がまとまっていたが、そんな決定は簡単に覆すことができる。

要は、藤兵衛の腹ひとつなのだ。

しかし、今の藤兵衛には迷いはない。

(やっちまおう。そして……)

そして、ついでに澱んだ水を入れ替えちまおう、と藤兵衛は決心した。藤兵衛に決心を促したのは、手下たちの身勝手な行動だ。

金平の為したことは言い訳のしようもない。その報いであろうか、金平は死線をさまよっている。

角右衛門は強欲だ。欲望でぎらぎらしている。

六衛門の言う通り、分け前のことで文句を言い出す奴というのは、最後には、

(こいつらさえいなければ、お宝は全部わし一人のものだ……)

と血迷って、仲間を裏切ろうとするものだ。

そもそも盗賊などというものは、みんな強欲に決まっているから、分け前のことで不満が出てくるのは避けられないことだともいえる。

昔、そういう奴がいた。

というより、数年ごとにそういう奴が現れる。

藤兵衛の対処の仕方は決まっている。

一切、妥協はしない。

相手に一歩譲れば、次は二歩譲れと迫って来るとわかっているからだ。

そういう奴には、

(死んでもらう……)

ことになっている。

六衛門の助言を待つまでもなく、角右衛門の運命はすでに決まっていたわけだ。

悪い芽は早めに摘むに越したことはない。

では、それに同調した勘助はどうか？

実は、勘助の処置は一年前から決まっている。

一年前、常陸屋を襲った藤兵衛一味は、あやうく一網打尽にされてしまうところだった。逃れることができたのは、単に運がよかったからだ。藤兵衛の与り知らぬところで、火付盗賊改方と町奉行所が鞘当てをしてくれたおかげで助かったのである。

運以外の何物でもない。

一味が危険に曝されたのは、勘助が賭場で口走った不用意なひと言のせいだ。

一年前、すべての準備を整え、後は押し込みの夜を待つばかりとなったときに、藤兵衛の耳に信じられないような噂が聞こえた。伊勢町の米問屋が狙われているらしい、という噂が賭場で囁かれている、というのだ。しかも、その噂は火付盗賊改方や町奉行所の手先にも聞こえているという。

賭場で流れた噂、と聞いて藤兵衛には勘助が口を滑らせたとわかった。そのときには勘助を放っておいた。常陸屋の押し込みを中止するつもりはなかったからだ。

押し込みは成功したが、捕縛の手は際どいところまで迫っていたのだ。

そのときのことを藤兵衛は忘れていない。

勘助を許したわけでもない。

ただ、勘助が必要な存在だったから、今まで知らぬ顔をしていただけのことだ。勘助の罪に時効はない。あのときの償いをいつかさせる腹積もりでいた。

（どうやら、つけを払わせるときがきたようだ……）

と、藤兵衛は思った。

常陸屋を襲ったとき、角右衛門もしくじりを犯している。

小僧を一人見逃してしまったことだ。太吉である。

小僧たちを始末するのは角右衛門の役割と決まっている。角右衛門が太吉を逃してしまったことが、結果的には最も大きな失敗だったのだ。

そのために新八、すなわち金平に探索の手が伸び、藤兵衛はその始末を付けねばならなかった。藤兵衛の対応がわずかでも後手に回っていたら、あるいは、町方と火付盗賊改の鞘当てという僥倖（ぎょうこう）に恵まれなかったら、藤兵衛一味は一網打尽にされていたかもしれない。

　金平の罪も重い。

　金平は気が弱い。だからこそ、押し込みの二、三日前から体調を崩し、押し込みの当日は本当に具合が悪くなって早上がりしなければならないような羽目になった。もし、あの夜、金平が常陸屋にいれば、太吉を見逃すこともなかったはずだ。小僧たちの頭数が合わないことがわかれば、すぐに家捜しして隠れていた太吉を見付けることもできたはずなのだ。

　勘助、角右衛門、金平という三人の中では、金平の犯したしくじりが最も重大だ。だが、その金平は藤兵衛が手を下すまでもなく死にかかっている。藤兵衛とすれば、勘助と角右衛門の始末だけを考えればいい。

　角右衛門が分け前のことで文句を言い出したことが、

（こいつには死んでもらおうか……）

と、藤兵衛に決断させる最終的な引き金になったといっていい。

　亀右衛門のことも忘れてはならない。

　古女房のお鶴をないがしろにして、若い妾にうつつを抜かしているのはいいとしても、十手持ちと関わりがあるというのは許し難い。どんな理由があるにしろ、亀右衛門の言い訳に耳を貸すつもりはない。亀右衛門の犯した最大の過ちは、藤兵衛に隠し事をしたことだ。

過ちを償う方法はひとつしかない。

死である。

手下たちは、皆が皆、藤兵衛の基準に照らせば死に値する罪を犯している。

手下たちが勝手なことをしているだけではない。

火付盗賊改が一年前の常陸屋の一件を執念深く探索している。火付盗賊改が動けば、対抗心を燃やす町方も黙ってはいまい。探索の手が次第に接近してくるような嫌な感じがする。

いつもの藤兵衛ならば、こんなときに新たな稼ぎをするのはまずいと判断し、襲撃の時期を先延ばしにするに違いない。

だが、今回は違う。

尻に火がつきかかっているからこそ、

（やらねばならぬ……）

と、藤兵衛は決断した。

近江屋を襲い、大金をせしめて江戸を引き払うのだ。江戸における藤兵衛一味を解党し、藤兵衛自身は上方でほとぼりを冷ませばいい。そのためにも今回は大きな稼ぎをしなくてはならない。

（なぜ、わしが閻魔（えんま）の藤兵衛と呼ばれているのか、あいつらに教えてやるときがきたようだ……）

ふふふっと藤兵衛は声を出して笑う。心を覆（おお）っていたもやもやとした迷いが晴れて、すっきりした顔をしている。

（下巻へ続く）

本作品は、平成十六年七月に光文社より文庫判で刊行された『女郎蜘蛛』を改題し、著者が加筆・修正して上下巻に分冊したものです。

一〇〇字書評

切り取り線

購買動機（新聞、雑誌名を記入するか、あるいは○をつけてください）

□（　　　　　　　　　　　　　　）の広告を見て
□（　　　　　　　　　　　　　　）の書評を見て
□ 知人のすすめで　　□ タイトルに惹かれて
□ カバーが良かったから　　□ 内容が面白そうだから
□ 好きな作家だから　　□ 好きな分野の本だから

・最近、最も感銘を受けた作品名をお書き下さい

・あなたのお好きな作家名をお書き下さい

・その他、ご要望がありましたらお書き下さい

住所	〒				
氏名		職業		年齢	
Eメール	※携帯には配信できません		新刊情報等のメール配信を 希望する・しない		

この本の感想を、編集部までお寄せいただけたらありがたく存じます。今後の企画の参考にさせていただきます。Eメールでも結構です。

いただいた「一〇〇字書評」は、新聞・雑誌等に紹介させていただくことがあります。その場合はお礼として特製図書カードを差し上げます。

前ページの原稿用紙に書評をお書きの上、切り取り、左記までお送り下さい。宛先の住所は不要です。

なお、ご記入いただいたお名前、ご住所等は、書評紹介の事前了解、謝礼のお届けのためだけに利用し、そのほかの目的のために利用することはありません。

〒一〇一－八七〇一
祥伝社文庫編集長　清水寿明
電話　〇三（三二六五）二〇八〇

祥伝社ホームページの「ブックレビュー」からも、書き込めます。
www.shodensha.co.jp/bookreview

祥伝社文庫

火盗改・中山伊織〈一〉 女郎蜘蛛（上）

令和7年1月20日 初版第1刷発行

著者 富樫倫太郎
発行者 辻 浩明
発行所 祥伝社
東京都千代田区神田神保町3-3
〒101-8701
電話 03（3265）2081（販売）
電話 03（3265）2080（編集）
電話 03（3265）3622（製作）
www.shodensha.co.jp

印刷所 堀内印刷
製本所 ナショナル製本
カバーフォーマットデザイン 中原達治

Printed in Japan ©2025, Rintaro Togashi ISBN978-4-396-35097-0 C0193

祥伝社文庫の好評既刊

〈祥伝社文庫　今月の新刊〉

本城雅人
黙約のメス
〝現代の切り裂きジャック〟と非難された孤高の外科医は、正義か悪か。本格医療小説！

五十嵐佳子
なんてん長屋　ふたり暮らし
25歳のおせいの部屋に転がりこんだのは、元勤め先の女主人で……心温まる人情時代劇。

富樫倫太郎
火盗改・中山伊織〈一〉女郎蜘蛛（上）
悪がおののく鬼の火盗改長官、現る！　富樫倫太郎が描く迫力の捕物帳シリーズ、第一弾。

富樫倫太郎
火盗改・中山伊織〈一〉女郎蜘蛛（下）
今夜の敵は、凶賊一味。苛烈な仕置きで巨悪をくじき、慈悲の心で民草の営みをかばう！

岩室　忍
初代北町奉行　米津勘兵衛　**寒月の蛮**
〝七化け〟の男の挑戦状。勘兵衛は幕府の威信を懸けて対峙する。戦慄の〝鬼勘〟犯科帳！

馳月基矢
詐　蛇杖院かけだし診療録
いかさま蘭方医現る。医術の何が本物で、何が偽物なのか？　心を癒す医療時代小説第六弾！

喜多川　侑
初湯満願　御裏番闇裁き
死んだはずの座元の婚約者、お蝶が生きていた!?　痛快！　お芝居一座が悪を討つ時代活劇。

岡本さとる
大山まいり　取次屋栄三　新装版
旅の道中で出会った女が抱える屈託とは？　シリーズ累計92万部突破の人情時代小説第九弾！